JN312568

グリーン・ノウの川

The River at Green Knowe

ルーシー・M・ボストン 作

ピーター・ボストン 絵　亀井俊介 訳

評論社

THE RIVER AT GREEN KNOWE

BY LUCY M. BOSTON

ALL RIGHTS RESERVED
© LUCY MARIA BOSTON, 1959
ILLUSTRATIONS © PETER BOSTON, 1959
ORIGINAL ENGLISH LANGUAGE EDITION PUBLISHED
BY FABER AND FABER LTD., LONDON.
JAPANESE TRANSLATION RIGHTS ARRANGED WITH
FABER AND FABER LTD., LONDON THROUGH
TUTTLE-MORI AGENCY INC., TOKYO.

グリーン・ノウ物語3

グリーン・ノウの川

もくじ

1　ビギン博士とミス・シビラ

「子どもたちは、いつくるの？」

モード・ビギン博士《はかせ》は、そこらじゅうに本をひろげ、親指をなめてパラパラとページをめくりながら、顔もあげずにきいた。へやの中は、家じゅうから集めてきたつくえでいっぱいになり、つくえというつくえには、本や、研究資料《けんきゅうしりょう》や、写真や、箱が山のようにつみあげてあった。つくえからはみ出て、床《ゆか》の上にころがっているのもあった。ビギン博士は女の学者である。そしてひどい近眼《きんがん》だ。そのため、背中《せなか》をまっすぐのばしたことは一度もなかった。あちこちにおいた本のあいだを歩きまわって、すぐにそれをしらべられるように、いつもからだをまげているのだ。

本を読んでいないときのビギン博士は、いつも地面に注意をむけていた。なにかとてもおもしろいものがそこに発見できるかもしれないと思っているようだった。博士はこれまで、砂漠《さばく》や泥岩《でいがん》の山のわきにある大むかしの都市とかお墓《はか》などを掘《ほ》りかえすことに、一生をささげてきた。だから地面をなめまわすように見つめ、いろいろな石や骨《ほね》の破片《はへん》をさがしだすことが、習慣《しゅうかん》になってしまっていた。博士は、電気そうじ機《き》が大きらいだった。なぜなら、これでそうじをすると、なにもかもきれいさっぱりとなくなって、目のやり場にこまってしまうからだ。

この人がよちよち歩く姿《すがた》は、ちょっとサルのようだった。もしチンパンジーを洋服やに連《つ》れていって、自由にじぶんの服をえらばせるとすれば、ビギン博士の着ているのとそっくりなのをえらぶにちがいない。博士は、研究のためにもっと多くの本が必要《ひつよう》なときには、小型《こがた》オートバイを出してきて、荷台に大きなかごをのせ、図書館へとむかうのだった。ヘルメットをかぶったこのおばあさんの姿は、まったくもってこっけいだった。

「あの、かわいい子どもたちのことね――」

ビギン博士の古くからの友だちのミス・シビラ・バンはこたえた。

「あの子たち、おやつの時間にきますよ。それでね、三段《だん》がさねのイチゴクリーム・ケーキをつくってみたの。あの子たち、元気で食欲《しょくよく》があるといいんだけど。むしゃむしゃ食べるところを、早く見たいものだわ」

ミス・シビラは、もう年をとり、人生の楽しみといえば食べものだけだった。この人はおおぜいの人に料理をこしらえてやるのが大すきだった。そういうときには、ふだんの何倍もの食《しょく》料品《りょうひん》を注文し、それを料理し、じぶんのまわりにずらりとならべて見わたすことができるからだ。そして、それがいろいろな人の口につぎからつぎへとはこばれていくのを見るのが、なによりもうれしかった。その点、子どもたちは、胃《い》さえじょうぶなら、いつでもすばらしい食べっぷりをしめしてくれる相手だった。

ミス・シビラ・バンがまるまるとふとっていることはいうまでもない。そしていろんな点で、メンドリによく似《に》ていた。特《とく》に、たとえば出発まぎわのバスを追いかけて走るときなどは、メンドリが息をきらして走っている姿にそっくりだった。またものを食べるときには、まず片方《かたほう》の目で食べものをながめ、それからおもむろにもういっぽうの目をひらいて見、まんぞくそうにけたたましく笑《わら》い、ときには、なんどもうやうやしくおじぎまでして、そのあとでようやく食べはじめるのだった。この人の洋服は、どれもこれもごてごてとかざりたててあった。そして、ジプシーがよく身につける金貨《きんか》をつりさげた鎖《くさり》から、象牙《ぞうげ》や黒たんのロザリオ、さらには銀色のえのぐをたっぷりぬったメロンの種《たね》のじゅずにいたるまで、あらゆる種類《しゅるい》のネックレスをずっしりとぶらさげていた。

夏のあいだじゅう、このふたりの婦人《ふじん》は、イギリスのいなかのグリーン・ノウという名のやしきを借《か》りて、住んでいるのだった。グリーン・ノウは、ひろくゆったりと流れる川のほとりにある古いやしきだ。モード・ビギン博士はちょうど本を書いているところなので、この人里はなれた場所をえらんだのだった。（博士は、先史時代《せんしじだい》には、巨大《きょだい》な動物だけでなく巨大な人間もいたと信《しん》じている科学者グループのひとりだった。）そしてグリーン・ノウにおちついて、この家がグリム童話に出てくるような家であることや、またふたりですむにはじゅうぶんすぎるほどひろいことを知ったとき、博士はすぐにあることを思いついた。この人はいつも夢《ゆめ》のような計画を思いつき、思いつくとすぐさま実行にうつすたちの人だった。ただし、そのあとすぐまた書物にもどり、計画のほうはかってになりゆきにまかせるというたちでもあった。そこでこの人はいったのだ。

「難民児童夏期休暇援助会《なんみんじどうかききゅうかえんじょかい》に手紙を書いて、子どもたちをよんでやりましょう」

「え？　どこへですって？」

「国を追われてきた難民児童のための夏期休暇を援助する協会《きょうかい》ですよ。ふたりよびましょう。そしてわたしたちの手のかからないように、めいの娘《むすめ》のアイダもよぶことにするわ」

「でも、その子たちが英語《えいご》を話せなかったらどうする？　そりゃああなたは、ドイツ語も、スペイン語も、ロシア語も、ラテン語も、ギリシャ語も、ヘブライ語も、アラビア語も、そのうえ、あと十以上《いじょう》ものたいせつな外国語も、話せますよ。だけどアイダは話せません。それにあたしだって、インゲン豆《まめ》のバターいためがすきかどうか、ヘブライ語できくなんてことは、できませんからね」

「そんなに大さわぎしないでちょうだい。わたしは書きものをしなくちゃなりませんからね。でも、きっと英語が話せるわよ」

「そうはいっても、モード、だいじょうぶかしら？　その子たち、なにをするの？　なんてったって、食事と食事のあいだにはいつもひまな時間があるんですからね。おもちゃもないし、遊戯室《ゆうぎしつ》もないし。なにをして遊ぶの？」

「子どもっていうものはね、やめさせることができないくらい遊ぶものなのよ。だいじょうぶ、うまく遊ぶと思うわ。川があるでしょう。それにこの家だってあるし。この家がすばらしい遊び場だってこと、見ただけではちょっと信じられないですけどね。ほかにいったいなにをほしがると思って？　ほっておけばいいのよ。オグリューのじゃまさえしなければ、ね」

（オグリューというのは、いまビギン博士が書いている本の題である。正しくは、『巨人オグリュー族の習慣と食生活の再現《さいげん》――最近《さいきん》の発見の要約《ようやく》』というのだ。）

「だけど、あぶなくはないかしら？　もし泳げなかったらどうする？」とミス・シビラはいいはった。

モード・ビギンはタイプライターで書きあげたばかりの手紙を、ポイとなげてミス・シビラにわたした。

「おねがいだから、そんなにごてごていわないでよ。水泳のできる子でなくてはいけないって、追伸《ついしん》に書いておけばいいじゃないの。さあ、もうわたしに仕事をさせてちょうだい」

ミス・シビラはタイプした手紙をとりあげて、ふといまんまるい字でこう書きたした。

「追伸。その子どもたちは水泳ができることがぜったいに必要です。ここの川は非常《ひじょう》に危険《きけん》ですから」

こうして、協会から、よろこんでふたりの子どもを送りますという返事《へんじ》がきたのだった。

2　屋根裏べや

「あっ、車がきたわ。みんなきましたよ！」とシビラ・バンはさけんだ。「おやつの用意もできてるわ。さあ、いらっしゃい。おはいりなさい！」

子どもたちは、はずかしそうに、一列にならんで立っていた。アイダは十一歳《さい》で、灰色《はいいろ》の目をし、きちんとした身なりで、しっかりした子だった。ただし、とても小さくて、十一歳とは思えないくらいだ。そのとなりに立っているのはオスカーで、やはり十一歳。だが足が長く、負《ま》けん気《き》らしくて、くちびるとあごをつき出し、頭を高くあげていた。そしてかかとをカチッとあわせて、自己紹介《じこしょうかい》した。

「オスカー・スタニスラフスキーです」

最後《さいご》はアジア人の顔をした、ほっそりした九歳の少年だった。

「ぼうや、なんていうお名まえ？」

シビラ・バンは鼻の高さがおなじになるまでかがんできいた。するとビーズの首かざりがぶらぶらとゆれ、メロンの種《たね》のネックレスが、ふたりのあいだでなわとびのなわみたいにたれさがった。

少年はそっと息をはいて、のどを鳴らした。

「さあ、シビラおばさんにお名まえを教えてちょうだい」

ところが少年は、まえとまったくおなじ音を出しただけだ。

「この子、英語《えいご》が話せないの？」とシビラ・バンはアイダにたずねた。「みんな英語が話せなきゃいけないっていっておいたんだけど。この子の名まえ、なんていうの？」

アイダは、からだこそ小さかったが、もうどう見ても、このグループのリーダーになっていた。ここにくるまでの旅行ちゅうに、じぶんの地位《ちい》をきずいてしまったのだ。

「それがこの子の名まえなんです、いまいった音が。H《エイチ》・S《エス》・U《ユー》とつづるんだけど、英語ではうまくいえないんです。だからあたしたち、ピンとよぶことにしました。ピンは英語がとてもじょうずです。めったに口をきかないけど」

ピンは黒いビロードのような目をして、感じのよいほほえみをうかべていた。

「ごしんせつにお招《まね》きくださって、ありがとうございます」

かれはしずかにそういうと、両手をまえで組んでおじぎをした。

モード・ビギンが書斎《しょさい》のドアのところにやってきて、みんなのほうを見た。

それから、アイダにむかっていった。

「こんにちは、おちびちゃん。あんまり大きくなってないわね」

アイダはまえに進み出た。すると、大おばさんは、腰《こし》をかがめたため、ほおがアイダのすぐそばにつき出ていた。アイダはちょっとどぎまぎしたけれども、すぐに、うやうやしくキスをした。

「わたしはキスされるのはにがてなんだよ」とビギン博士《はかせ》はいった。「だけど、あんたに会えてうれしいよ、アイダ。やあ、こんにちは、ぼうやたち。めんどうなことはおこさないようにたのみますよ。そしておおいに楽しみなさい。さあ、シビラおばさんといっしょにあっちへ行って。わたしはいそがしいんですからね」

こういうと、博士は書斎のドアをピシャッとしめてしまった。

シビラ・バンがいった。

「みんな、シビラおばさんといっしょにいらっしゃい。あなたたちのへやを見ておきましょう」

ミス・シビラのあとから階段《かいだん》をぐるぐるのぼっていきながら、子どもたちは驚《おどろ》きで目をみはっていた。

「ここ、仏教《ぶっきょう》の道場ですか?」とピンがたずねた。

「十字軍《じゅうじぐん》のお城《しろ》のようにも見えるよ」とオスカーはいった。

「あたしの髪《かみ》の毛《け》がもっと長くて、窓《まど》からおろしてあんたたちふたりがのぼれるようだといいのに」とアイダは、ふたつに分けたピッグテイル（ブタのしっぽ）編《あ》み――ほんとうにブタのしっぽほどの長さしかなかった――の髪をふりながら、いった。

三人は、この家のいちばん上の大きな屋根裏《やねうら》べやに寝起《ねお》きすることになっていた。そのへやは三方に窓があって、窓からはまるで地図を見るように川が見えた。それは美しい川で、牧草《ぼくそう》地《ち》をぬけ、木々の下をとおって流れていた。いま、こうして夏の夕方に見ていると、なめらかで、ねむそうで、永遠《えいえん》に流れているようだった。だがその実、この川はわがままで、夏でも大雨がふると、すぐに両岸からあふれ出るのだった。そのため、川がまがりくねって海へそそぐとちゅうのこのあたりでは、川ぞいに工場も家も建《た》っていなかった。もし、雨のすくない年が数年つづき、人々が過去《かこ》のことをわすれて、牧草地にやしきを建てたり、岸に工場をつくったりする計画を立てはじめると、川はふいに目をさまし、からだをもたげて、この地方のなかばを深い池にしてしまうのだった。ただ、グリーン・ノウのやしきの建っている島は、ちょうど洪水《こうずい》をさけられるくらいに高くもりあがっていた。だからこそ、こんなに古いっている家がここに残《のこ》っていた。

アイダがいった。

「あの川のおかげで、ずいぶんたくさんの島ができているのね。この家も島の上にあるんだけど、ここからだけでもすくなくともあと三つ見えるわ。舟《ふね》で探検《たんけん》に出かけて、ぜんぶの島をこいでまわらなくちゃ。きっと、だれも足をふみこんだことのない島が見つかると思うわ。だって、すばらしい自然《しぜん》のままのながめだもの」

少年たちはアイダの両わきで身を乗りだしていた。百メートルほど上流には、直角に流れ出ている水路を調節《ちょうせつ》するための水門があった。その柵《さく》をこえて落ちる水の音は、一日じゅう、ひと晩《ばん》じゅう、寝室《しんしつ》をみたした。本流のほうは水量《すいりょう》が半分にへったにもかかわらず、のんびり、ゆうゆうと、グリーン・ノウの庭をひとまわりし、ふたたび家の塀《へい》のそばにもどってから、しずかに流れすぎていっていた。

「ごらん、この家が水にうつっているよ」とピンはいって、横の窓から見るようにふたりをさそった。「しずかだね。みんなが窓から見ているのがうつっている。だけどぼくたちの顔、まるでキャンディーを食べてるときみたいにゆがんでいるよ」

三人はなにひとつ見落としたくなくて、窓から窓へとかけまわった。

「空ってあんなに青いのに、なぜ川が空をうつすように、空は川をうつさないのかな。床《とこ》やさんの鏡《かがみ》は、まえのとうしろのがいつまでもうつしあっているのに」

「ものをうつすにはね、川の底《そこ》みたいに黒っぽいものが、うしろになくちゃだめなのよ」

「でも、空のうしろにだって、もうひとつ外の宇宙《うちゅう》があるよ。そしてその宇宙は黒っぽいと思うんだけどな」とオスカーがいった。

「だったら、川をうつすはずだよね」とピンはいった。「だけど、ほんとうは空が川にうつるだけでじゅうぶんだよ。見て、さかながうかびあがってきたよ」

「川が、ピンの目にうつってるわ」とアイダがいった。「小さなピンク色の夕焼《ゆうや》け雲《ぐも》と、小さなみどり色の点みたいな地面もうつっているわよ。どんなカラー写真だってかなわないくらいくっきりとね」

「ぼくには大きく見えるんだけど」とピンはいった。「あの雲はとっても大きくて、ぜったいに頂上《ちょうじょう》までのぼれっこない山みたいだよ。そして地面は、ずうっとのびて、いちばん先は空につながっている。なんキロもなんキロもひろがって、あちこちに、森や、イグサや、滝《たき》や、水車が見え、夜鳴き鳥《ナイチンゲール》がおり、鐘《かね》があり、歌をうたうさかながいる」

「すてきだわ、そういうの。星のあかりをたよりにして、そっと、歌をうたうさかなの声を聞きにいかなくちゃあね。ピン、うたうさかながいるっていうの、ほんとうなの？　それとも、ただ、そう考えているだけ？」とアイダはきいた。

すると、オスカーが車輪《しゃりん》のやのように光を放っている太陽のほうをはるかに見つめながら、いった。

「ぼくのおとうさんがよくいってたけど、この世の中でほんとうのものはただ人間の考えだけなんだって。どんなものでも、だれかがそれを考えなかったら、ぜんぜんないのとおなじなんだ。考えというものは、鉄砲《てっぽう》でも撃《う》ち殺《ころ》せないものだ、ってね。おとうさんはそういったために、ロシア人に撃ち殺されてしまった。でもおとうさんのその考えは、撃ち殺されていないんだ。だっていま、ぼくがその考えをうけついで、考えてるんだもの。だから、もしピンがうたうさかながいるというのなら、なんとかして聞いてみようよ。そう思わない？」

「早くそうしたいわ」とアイダはいった。「あたし、あの川をじぶんのものにしたいの。食べちゃいたいくらいよ。さあ、おやつをいただきにいきましょう。あたし、このすみっこのベッドにするわ」アイダはその上に旅行カバンをほうり出した。「行きましょう！」

子どもたちは、じぶんでベッドをととのえ、へやをきれいにしておくようにいわれた。だが、じっさいにはだれもようすを見にあがってこなかったので、へやはたちまち子どもべやらしく活気のあふれたものになった。オスカーは持っていたおとうさんの写真を鋲《びょう》ではりつけた。ピンは茶箱のわきからはぎとった中国の絵を一枚《まい》持っていた。もしも、ピンが小枝《こえだ》を粘土《ねんど》で巻《ま》いてにおいのするソーセージのようにし、それに火をつけて線香《せんこう》だとよんだとしても、またオスカーがろうそくの先をロシアの大きらいな政治家《せいじか》の形にし、それに針《はり》をつきさそうとしたとしても、またもしアイダが洗面器《せんめんき》の中に水蓮《すいれん》をいけ、イモリをかおうとしたとしても、それはかれらのほかにだれも知らない秘密《ひみつ》だった。さいわい、ふたりの年とった婦人《ふじん》たちは、子どもというものはネコとおなじようにかってにさせておけばよいと思っているようだった。必要《ひつよう》なことは、食べものを与《あた》えて、気ままに外に出してやることだけだ、と思っているのだった。

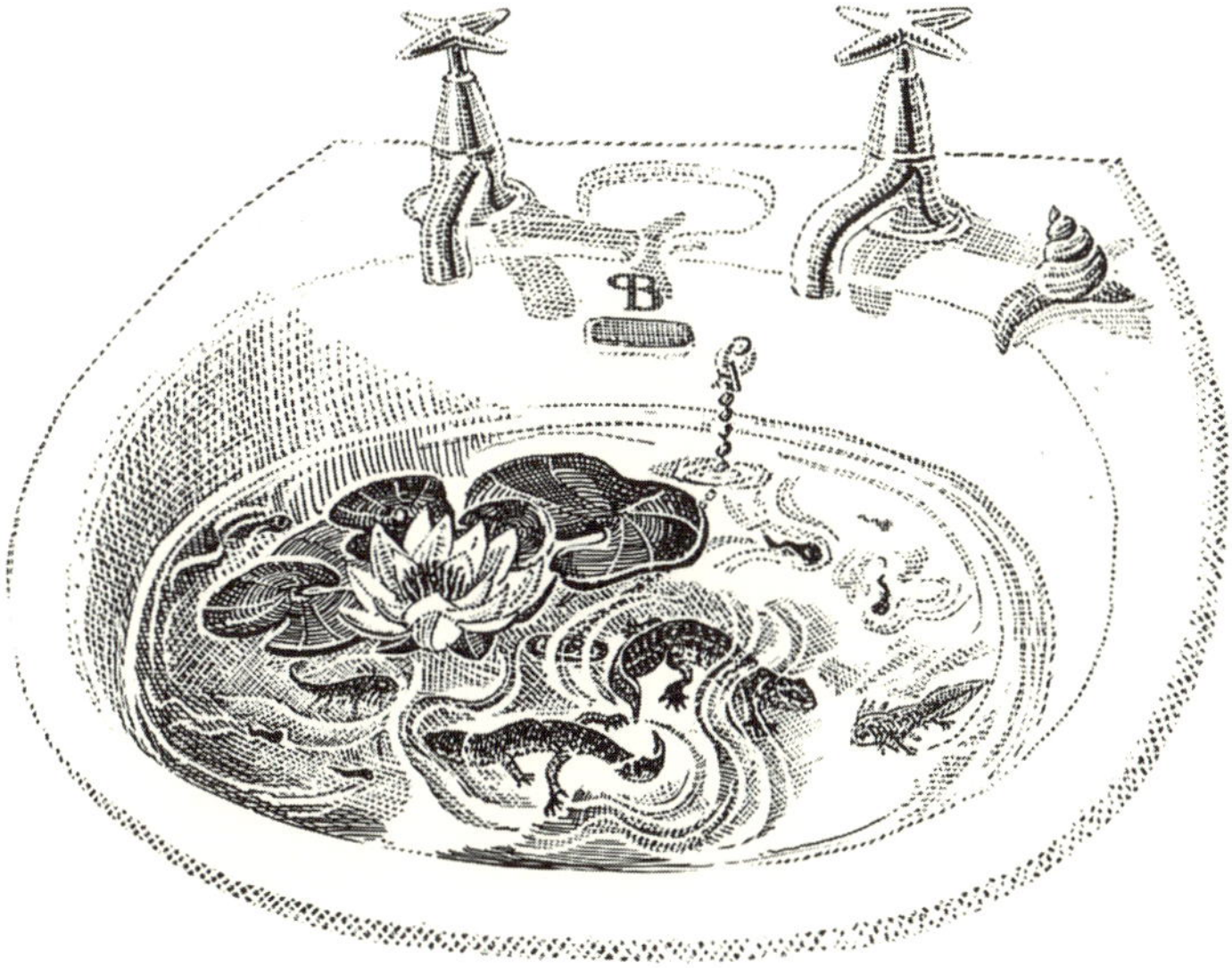

3　白鳥の家族

最初《さいしょ》の朝、空は晴れ、風もなかった。アイダとオスカーとピンは、朝食をすますとすぐに外へ出ていった。庭のはずれに、木でつくったボート小屋があった。小屋の四すみの柱は、川のまがりかどの沼地《ぬまち》にうちこんであった。子どもたちは走って、足もとのぐらつくわたり板をこえ、ボート小屋の戸をあけた。中はうす暗かった。そして川の水をよせあつめたようなにおいがした。屋根と壁《かべ》は、いつもあたりをおおう湿気《しっけ》のためみどり色になり、しなやかな波の形にくねっていた。その下の、子どもたちの足もとには、カヌーが一そうつながれ、しずかに波にゆられていた。それは青と茶色にぬってあった。水がその影《かげ》をうつして、じぶんの一部のようにうけ入れていた。カヌーはいかにも軽そうで、ゆったりとうかんでいた。これなら三人の子どもをここちよく乗せてくれそうだった。アイダが片足《かたあし》をふみこむと、まるで水そのものをふんづけたような気がした。足にふれた感じがあまりしなやかなので、しずんでしまうんじゃないかしらと思ったくらいだった。だがすぐに、ボートの底《そこ》がこんどは下からおしあげてきた。

それで、まるで水にうかぶ水蓮《すいれん》のような感じになって、アイダはすわった。少年たちもつづいて乗りこんだ。ピンはへさき、オスカーは船尾《せんび》にすわった。三人は通路に網《あみ》のようにたれさがっているヤナギの小枝《こえだ》をかき分けた。こうして川は子どもたちのものになった。

まだ朝もやがたちこめ、日の光はさしこんできていなかった。川は、かすかな息をたてている鏡《かがみ》のようだった。子どもたちはうっとりしてしまっていたので、別《べつ》に相談《そうだん》もしないで、流れにまかせ、しずかに川下へとただよっていった。かれらは、できることなら、川の一部になってしまいたかった。

川ぶちには、小さな崖《がけ》が帯《おび》のようにつづいていて、そのてっぺんはドーヴァー海峡《かいきょう》の崖のように波うっていた。そして垂直《すいちょく》な面には、ゴルフの球くらいに見える穴《あな》があいていた。ときどき、崖は高くもりあがって、砂利《じゃり》やそのほかさまざまな土壌《どじょう》の層《そう》を見せていた。崖の上には、ヤナギソウや、クサレダマや、ずっしりと実をつけた大スカンポが、空にむかってのび、墨絵《すみえ》のスケッチのように水にうつっていた。

カヌーは、まるでふたつの空のあいだをさまよいながら進んでいるようだった。川の両岸はたいそういきいきしていた。水鳥のバンは、はばのひろいV字型《ブイじがた》になって、岸から岸へと飛《と》びかっていた。さかなは水面でピチピチはねた。ミズネズミは水中にもぐり、鼻だけつき出して水面にVの字を書いていった。穴からのぞいているミズネズミもいた。いや、もしかすると、それはハツカネズミか、イワツバメか、カワセミだったかもしれない。イグサは時計のようにカチカチ鳴り、シモツケソウは、マルハナバチがとまると、ふいにしなって子どもたちの鼻先にまで頭を下げた。イグサは、目に見えない下のところでなにかに攻撃《こうげき》されると、死にものぐるいでゆれた。

子どもたちは気持ちよくただよっていった。ときたまかいをひとこぎするだけで、カヌーはまっすぐにスイッと進んだ。やがて太陽が姿《すがた》をあらわして、貝形のカヌーの中にいる子どもたちをここちよくあたためてくれた。また、太陽が出るとともに、ほかの生きものたちもたくさん姿をあらわした。チョウチョウ、トンボ、マツモムシ、きらきらかがやくカブトムシ、トカゲ。空のはるか上では、ツバメが線をひいて飛んだ。いつしか、カヌーはうごきを止めていた。

ピンの目は、一ぴきの小さなクモにくぎづけになっていた。それは一本の木の枝から、たくさんの足をいそがしくうごかして、糸をくり出しながらおりてきた。そしてカヌーのへさきの先端《せんたん》におりると、そこに糸をくっつけ、すぐまたよじのぼっていった。

「ぼくたち、つながれちゃったよ」ピンはやさしくほほえみながら、いった。「イギリスの川には、大きな生きものはいないの？　水牛とか、竹やぶから出てくるトラとか、ワニとか、カ

バとか？」

こういったちょうどそのとき、どろの中からなにか大きなものがからだを持ちあげる音がした。そしてピンがなにもいないと思っていたすぐそばの水ぎわで、まだらのはん点のある雄牛《おうし》が鼻を鳴らした。ピンは思わずひっくりかえって、アイダのひざにしりもちをついた。オスカーとアイダは笑《わら》い、雄牛は前足をふんばって頭を下げた。ピンは下からじっとそれを見上げた。そしていった。

「あの目の中に、ぼくたちみんながはっきりうつっているのが見えるよ。だけど、牛にとっては、そんなことなんの意味もないんだよね。おっそろしくまぬけな目なんだ。ぼくたちが犬や自動車とはちがうものだってことも、よくわかっていないんだよ」

ピンは片足をのばしてまえに持ちあげながら、さらにいった。

「これが棒《ぼう》じゃないってことさえ知らないんだよ、きっと」

雄牛はしばらくじっと見つめていた。ほかの雄牛もやってきて、見つめていた。それから最初の雄牛は鼻をあげて、ものすごい鳴き声を出した。と、その声はふいに、おだやかな、こまったような、ばつの悪い質問《しつもん》のような声になっていった。ピンがふたたび足をおろすと、雄牛はほっとしたように、深くためいきをついた。

アイダはいった。

「目をとじましょうよ。そして聞こえるものをぜんぶいってみましょう」

三人がいっせいにいいはじめたので、その声は、川で日光浴《にっこうよく》をしているときのアヒルや、ほかの若《わか》い動物たちの群《む》れのように、ガヤガヤとひびいた。そこでアイダは、おなじものを二度数えることがないように、めいめいが順番《じゅんばん》にいわなくてはいけない、といった。

いろいろな音が聞こえてきた。

カヌーの下の水の音、あたしのかいのまわりのうずまき、ピンのかいの先から落ちるしずくの音、木から飛びたつ鳥、ヒバリのさえずり、輪《わ》をえがいて飛んでいるカラス、急に舞《ま》いおりてくるツバメ、草のサラサラ鳴る音、バッタ、ミツバチ、ハエ、カエル、ブクブク上がってくる泡《あわ》、どこかのダム、なにかのしっぽが水をピシャピシャはねる音、牛の歩いている音、飛行機《ひこうき》、つりざおをなげるときの糸の音。ジージー、ブンブン、リンリン、キュッキュッ、ヒューッ、ドブン、バタバタ、ザブザブ。そして、しょっちゅうどこかで、コソコソ、ボソボソ、サワサワ、ペロペロ、クックッ、それにフウというため息の音。

そして、もしだれかがカヌーの中でうごくと、すぐに川のむこう側《がわ》で、イグサがみんないっせいにつっつきあい、さざ波がゆれてきたことについてなにかささやきあった。

「みんなが、なにかいおうとしている」とピンがいった。「さかなはぼそぼそと、どもっているみたいにまるい口をつき出してさ」

「ねえ、」とだまっていたアイダが急にいった。「いま聞こえる音、うたうさかなかもしれないわよ！」

みんな耳をすました。ずっと下流の、つぎのまがりかどをまわったあたりから、新しい音が聞こえてきた――泡の言葉、口笛のさえずりのような音だ。

いっせいに、三つのかいが水につけられ、カヌーはさっととびだした。長いあいだただよい、また耳をかたむけていたあとだから、かいはたいそういきおいよくうごいた。口笛のような音は一分ごとに大きくなった。と、やがて大きな白鳥の姿が見えてきた。戦闘準備《せんとうじゅんび》をととのえた戦艦《せんかん》のように、あたりをおびやかして泳いでいた。そのうしろには、小さな灰色《はいいろ》のひな鳥が五、六羽いて、赤んぼうらしくペチャペチャさえずっていた。三人をよびよせたのはその音だった。そしてそのうしろには、母親の白鳥がしんがりを守っていた。だがいまや、母鳥は両足ではげしく水面をけたてて先頭におどり出し、父鳥といっしょにカヌーにおそいかかってきた。羽を打ちあわせて、木を打つようなおそろしい音をたて、長い首をヘビのようにくり出し、子どもたちの顔にシューッシューッという音をあびせかけるのだ。ひらいたくちばしは、するどい刃《は》をした肉切《にくき》り包丁《ぼうちょう》のようだった。さいわい、カヌーはいきおいよく走っていたので、とっさにむきをかえ、安全な距離《きょり》まで遠のくことができた。母鳥はひなのところへもどっていき、父鳥は流れていくカヌーとひなとのあいだを行ったりきたりパトロールして、この侵入者《しんにゅうしゃ》たちをいつまでも横目でにらみつけていた。子どもたちはほっとひと息つくと、すぐに白鳥のようすをじっとうかがいはじめた。

「ごらん、小さなひなが一羽、まったくおいてきぼりになっちまってるよ。ほかのひなの半分の大きさしかないんだ」

〈警戒態勢《けいかいたいせい》〉がしかれたときには、まちがいなく、七羽のひながひとつにあつまっていた。両親の注意がよそにむいているあいだは、いちばん小さなひなもちゃんと仲間《なかま》の中にはいっていた。ところが、いまや、おかしなことに母鳥はそのちびっ子のじゃまをするのだ。ちびっ子はのけものにされ、はげしく興奮《こうふん》して、胸《むね》のはりさけるような声でピーピー鳴いた。なんとかして仲間に加《くわ》わろうとしているのだが、どうしてもゆるしてもらえない。こそこそしんがりにまわって仲間入りができたと思うと、母鳥の長いヘビのような首がおりてきて、くちばしをスプーンのように使い、ちびっ子をほうり出してしまう。

アイダが驚《おどろ》いていった。

「母鳥は、なんであの子をあんなにいじめるのかしら。いちばん小さい子はおかあさんのお気に入りのはずなのに。なんにも食べさせようとしないのよ」

だが、父鳥のほうも、あわれなちびっ子がぐるっとまわってうしろにつこうとすると、シッシッと追いはらい、おそろしい肉切り包丁をその背中《せなか》におしつけて、水の中にしずめてしまうのだった。

アイダはもうがまんがならず、カヌーをあやうくひっくりかえさんばかりにすっくと立ち上がって、かいをなげつけた。カヌーがぐらっとゆれ、ふたりの少年はあわててアイダに大声をあげた。この攻撃とさわぎのため、父鳥の白鳥はふたたび警戒態勢についた。そしてさっとむきをかえると、ちょうどわきを流れていくかいをくちばしでつきたてた。水の中にしずめられていたひな鳥は、ふらふらになってうかびあがってき、必死《ひっし》になって逃《に》げだした。そしてアイダの手の中にとびこんできたのだ。

アイダはもうかいを持っていなかったから、ひな鳥をやさしくひざの上にだいてやった。少年たちは腹《はら》を立てている父鳥の攻撃のおよばないところまで、カヌーをこいでいった。追跡《ついせき》はうけなかった。残《のこ》りの六羽のひなはからだをよせあって、まんぞくそうにさえずっていた。母鳥はさかさまになって水にもぐり、川底で食べものをさがしていた。父鳥もしばらくしていかりをしずめると、おなじように水にもぐりはじめた。

「あの足を見てると、風に吹《ふ》かれてうらがえしになったこうもりがさを思い出すよ」とピンがいった。

ちびっ子のひなは、このうえなくあわれな声をあげて、鳴きつづけていた。

「このひなはきっと孤児《こじ》だ。難民《なんみん》ひな鳥だよ」とオスカーがいった。

「だいじにかって、育ててやりましょう。あたしたちの行くところはどこへでも、おとなしい白鳥が泳いでついてくるようになるわよ」とアイダがいった。「白鳥って、けんかをするかしら？　もしこの子がおすで、あたしたちが出かけていなくなるたびにけんかをするとしたら？　スズメのけんかだっていやだわ。白鳥のけんかはどうかしら！　飛び立つときのあの羽の音だけでも、すごいものね。外輪《がいりん》をつけた汽船の音みたいよ」

「けんかといっても、犬みたいにするんじゃないと思うよ」とピンがいった。「白鳥は、それぞれ相手の右の羽をくちばしでくわえて、すもうをとるのだと思う。見てみたいな」

「でもこの子、夏休みのおわりまでには、とてもおとなになりゃしないよ」とオスカーがいった。「やっぱりまだ赤んぼうだよ。そしたら、この子をいったいどうしたらいいと思う？　それから、どこに寝《ね》かせる？」

「箱の中に巣《す》をつくってあげるわ。戸だなの中のすみっこに穴のあいた古い羽ぶとんがあるわ。だからその羽をたくさんとり出してきて、ひなのために気楽なおうちをつくってやるのよ」

だが、ひな鳥の悲しそうな鳴き声は、聞いていられないくらいだった。しかも、いつまでも鳴きつづけるのだ。子どもたちは、そのため、話もできないくらいだった。ひな鳥は、息つぐまもなく鳴いた。おかげで、川の旅は、はるばると死刑場《しけいじょう》まで罪人《ざいにん》を連《つ》れていく行列のようなものになってしまった。子どもたちは、まったくみじめな気持ちになった。

「死ぬまで鳴きつづけているのかもしれないわ」とアイダがいった。

と、このとき、かれらは水車と水門のあるところについた。運よく、水門の番人が橋の上にいた。それで子どもたちはかいをこいで、石の壁の細い水路へとまっすぐはいっていった。すると、うしろで水門がしまった。水は急速にへっていった。まるでエレベーターに乗っておりていくような感じだった。両側の壁がぐんぐん上がっていった。川の一部がこんなに深い流れになっているなんて、思っただけでもこわくなるくらいだった。この巨大《きょだい》な風呂《ふろ》おけのせんは、ゴボゴボ音をたて、カヌーをひっぱり、吸《す》いこんでいった。ひな鳥の鳴き声は、まわりのぬるぬるした壁にこだまして、オスカーの耳もとで牢屋《ろうや》の中の苦痛《くつう》のさけびのように、ひびいた。

ようやく、水門がまたひらかれた。水がもう一度はげしくぶつかりあい、泡立ちあったのち、

新たに平らな水面ができ、カヌーは水車池にかいをこいで出ることができた。この池は湖のように大きく、沼地《ぬまち》のように荒《あ》れていた。水車の近くは木々がおおいかぶさるようにしげっていた。だが、遠くのはしは長いイグサが岸をふちどり、そのところどころから、小さな川が流れこんでいた。

水門のすぐ下に、また二羽の白鳥が泳いでいた。だがあの上の流れの家族のようにどうどうと組をなしてはいなかった。いらいらして、おちつきがなく、なにかをさがし求《もと》めているようだった。長い首をイグサの水面につっこんだり、物見やぐらのようにまっすぐに立てて一か所をぐるぐるまわったりしていた。

カヌーが池を進み、鳴きさけぶひな鳥の声が聞こえるようになると、二羽の白鳥はハッと耳をそばだてた。かれらは顔をカヌーのほうにむけ、羽をそろえて、そのまわりをぐるぐるまわった。そしてカヌーにちかづくにつれて、からだをこわばらせ、あらあらしい態度《たいど》になった。いっぽうひな鳥は、もう枯《か》れてしまった声をキーキーはりあげ、アイダの手の中であばれまわった。白鳥は、いまにもカヌーをひっくりかえしてしまうほど、すぐそばまでちかづいた。そしてまばたきもせず、両目を子どもたちの目の高さにじっと持ちあげていた。

「どうしたらいいかしら?」とアイダはしりごみしながら、いった。

「そのひなをはなしてやってごらん。あの白鳥がほんとうの両親じゃないかな」とオスカーがいった。

アイダは両手をひらいた。するとひな鳥は、まがった小さな黒い足をはげしくよたよたとうごかし、チョウチョウの羽といくらもちがわない小さな羽をばたつかせて、カヌーをとびだし、母鳥の背にとびうつった。母鳥は羽の毛でふんわりとそれをつつんだ。そして二羽の白鳥は全速力で足をかき、遠くのイグサのあいだにはいっていった。

「あーあ、ほっとしたわ！」とアイダがいった。

オスカーはあごをつき出し、うれしそうな目で白鳥の行く先を見送っていた。

「あのひなは、さっきだれかのボートがぼくたちと反対に水門をのぼったとき、それに巻《ま》きこまれてしまったんだと思うな。ごらん、アイダ、あいつはもう母鳥の背からおりてるよ。そして親鳥たちは、どうやってえさをとるか、あいつに教えてるよ」

みんながその姿に見とれているうちに、カヌーは草の生えた岸に流れついた。ピンはそこに立っている一本のくいに腕《うで》を巻きつけた。

「カヌーをつないでおくのに、ちょうどいい場所だよ。ひと泳ぎしようよ」

三人ともカヌーからはいだし、岸にあがった。そしてまもなく、もう三びきのカエルのように水にもぐっていた。

アイダがいった。

「あたし、白鳥のようにさかさまになってもぐる練習するわ。そして底になにがあるか、見てみるの。だれがいちばんおもしろいものを発見するか、競争《きょうそう》してみましょうよ」

アイダは、かわいい足とくるぶしだけを水面に残して、姿を消した。そして息をつぐためにうかびあがってみると、オスカーの長いすねがバタバタはね、ピンのきれいな黄色の足がさかなのようにすずしげにゆらいでいるのが見えた。一回目はだれもなにも発見できなかった。池の底は、手でさわると気持ち悪かった。ぬるぬるしたものが深くつみかさなり、ところどころにさびたブリキのはしだとか、生きているとは思えないのにうごいているものがあった。

「でも、なにかいいものがあるはずだわ」とアイダはいいはった。髪《かみ》の毛《け》はぬれてくっつき、歯がガタガタ鳴っている。まるでカワウソのように、なにがなんでも獲物《えもの》をとってやる、といった顔つきだ。

「ボートに乗ったりおりたりするとき、いろんなものを落とすものだわ。ここはボートがはじめて発明されたときから、ずっと舟《ふな》つき場《ば》だったと思うの。あの英雄《えいゆう》、ヘリウォード・ザ・ウエイクの短剣《たんけん》だって、見つかるかもしれないわ」

みんなの足がふたたびさか立ちになった。そしてまたふたたび。三回目は成功《せいこう》だった。アイダが息せききって水面に出てきたとき、まがった鉄の棒をつかんでいた。ピンは生きたウナギを両手にしっかりにぎっていた。かれはそれをほかのものに見せてから、空高くほうりあげた。ウナギは一瞬《いっしゅん》きらりと銀色に光ってから、水に落ちると、絹《きぬ》に針《はり》をさすときのように、水しぶきひとつあげず姿を消していった。ピンはまんぞくしきっているようだった。口はほほえみをうかべ、アーモンドのような目も両側につりあがっておなじように笑っていた。

「あたしが手に入れたのは、なにかしら」とアイダがいった。「エンジンをかけるときのハンドルみたいだわ。持って泳いでたら、とても重かった。モーターボートを持ってれば、役に立つかもしれないのにね」

「そりゃあ、水門の鍵《かぎ》だよ」とオスカーがいった。「だから、もっとずっと役に立つよ。もうぼくたちだけで、どこへでも自由に行けるんだ」

「なんていい見つけものをしたんでしょう！　だってこの池は、いろんな島を探検《たんけん》するための根拠地《こんきょち》になるみたいですもの。ここからだって、五つか六つ、水路が見えるわ。あたしたち、いつも行ったりきたりできるってわけ。あなたはなにを見つけたの、オスカー？」

「それがよくわからないんだ――金属製《きんぞくせい》の鉢《はち》みたいなんだけど。でもとてもきみょうな形なんだよ——なにか特別《とくべつ》の用に使ったみたいだ。銀でできてるかもしれない。だけど、なにかがこわれてなくなってるんじゃないかい？　このこぶみたいなのを下にして立てるんだろうけど、うまく立たないんだ。ひょっとしたら、なにかのふたかな」

オスカーはそれをさかさまにおきなおしてみた。

「ヘルメットよ！」とアイダが金切り声をあげた。

「ふただけど、頭のふた。オスカーのふただ」とピンがいった。

オスカーはそれをかぶってみた。ちょうどぴったりだった。両手でその上にさわってみると、鉢の台だと思っていたてっぺんのもり上がった部分は、明らかに羽かざりをさすための受け口だった。

かれらは花の咲《さ》いているイグサをつみ、茎《くき》をしぼって、受け口にしっかりとさしこんだ。かくてアーサー王そっくりなオスカーの登場だ。すくなくともアイダの目にはそう見えた。そしてオスカーは、ヘルメットをかぶると、自然そうしなければいけないような気になって、家に帰るまでカヌーの中でつっ立ったままだった。カヌーをてんぷくさせないで立っていることは、なかなかたいへんな仕事だった。おまけに、ほかのふたりは、いっしょうけんめいかいをあやつらなければならなかった。だがオスカーの姿は、まことにどうどうたるものだった。

家に帰ったとき、子どもたちはすっかりおなかがすいていた。この最初の朝の川の探検は、ふりかえってみると、まるでいく日ものできごとのように思われた。ミス・シビラは大よろこびだった。皿から皿、あるいは顔から顔と、テーブルを見まわしているうちに、たくさんもったおいしい食べものがどんどんなくなっていくのだ。

だがピンは、最初の皿を半分食べただけで、ナイフとフォークをきちんとおくと、黒いアーモンドのような目を、まずひとりの女主人のほうへとむけて、こういうのだった。

「ごめんなさい。お行儀《ぎょうぎ》悪くして。でも、もうこれ以上《いじょう》食べられないんです。もうおなかがはちきれそう。ごめんなさい」

「なにをいうの、ピン」とミス・シビラはいった。「せっかく料理《りょうり》したんだもの。残すなんていやですよ」

ミス・シビラは、アイダとオスカーの皿にまた山もりついでやった。このふたりは、待ってましたとばかりにぱくついた。

「さあ、ピン。がっかりさせないでよ」

「ピンのすきなようにさせてあげよう、シビラ」とビギン博士《はかせ》は、食事のさいちゅうにも読みつづけていた本から顔をあげて、いった。「この子は東洋からきた子よ。東洋人はね、ほんのすこしのお米で生きていかれるのよ。この子の細いからだを見てごらん。この子に、ヨーロッパ人のように食べさせようなんて、むりですよ」

「ごちそうさまでした」とピンはいって、両手でおなかをかかえた。

こんなことがあったため、ピンはとうとうミス・バンのお気に入りになることができなかった。そして、実のところ、食事のテーブルでは、オスカーにかなうものはだれもいなかったのである。

ふたりの婦人《ふじん》は、子どもたちの朝の探検について、なにもたずねなかった。いや、夏休みじゅう、なにも聞こうとはしなかった。この人たちは、子どものすることなんてばかばかしいことばかりで、おとなには興味《きょうみ》がないと思いこんでいたのかもしれない。水門の鍵やヘルメットについても、ひとことも聞かなかった。だがこのヘルメットを、オスカーはきれいにみがきあげ、おとうさんの写真のわきに、お供《そな》えものとしてかざったのである。

4　川の地図

午後、子どもたちはまた出かけた。こんどは上流のほうである。

アイダが提案《ていあん》した。

「あたしたち、川の地図をつくりましょうよ。そしてあたしたちがまわったすべての島や、ダムや水門を、書きこむのよ。色もぬるの。そしてだいじな発見をしたら、小さな絵を書いておく。大きな白い壁紙《かべがみ》に書きましょう。だって、ずっと遠くの上流や下流まで行くんですものね。グリーン・ノウはそのまんなかになるわけよ」

子どもたちがまずこいでまわったのは、グリーン・ノウからも見えがくれする小さな島であった。どちらの方向にはかっても、はばは数メートルしかない。そこには、あの白鳥の家族の巣《す》があった。六羽のひな鳥は、母鳥の羽の下で昼寝《ひるね》をしていた。母鳥は首をのばして警戒《けいかい》していたが、父鳥は仕事をはなれ、のんびりとまわりを泳いでいた。子どもたちが地図に書きこんだ最初《さいしょ》の島は、だから、「白鳥の巣島」だった。

子どもたちは、川にひくくかかっている木の鉄橋の下をとおりすぎた。運よく、すぐ耳の上をかみなりのような音をたてて汽車が走った。それはいかにもいなからしい、こっけいな、おもちゃのような汽車で、貨車《かしゃ》をひっぱって、一日に一度走るだけだった。この汽車の、カモメの鳴き声のような汽笛と、ブヨのように小さくなって、空高く飛《と》んでいく飛行機《ひこうき》のブンブンいう音とが、この日、子どもたちの聞いたただひとつの音らしい音だった。もちろん、川の音も聞こえたが、それはまるで息をひそめているようだった。また川岸や池の生きものの声も聞こえた。だが、あらゆるさわがしい音は空の中にこもっているみたいだった。地面にちかいところでは、満《み》ちたりた思いと真夏の夢《ゆめ》とが、かすかに息をもらしているだけだった。

子どもたちは、けっしておしゃべり三人組ではなかった。アイダとオスカーは、ほとんどひと目見ただけで親友になった。そしてふたりともピンを愛《あい》した。アイダの笑《わら》い声《ごえ》は小鳥のはばたきのようであり、オスカーの笑い声はどちらかというと子犬のうなり声に似《に》ていた。ピンはめったに大笑いをしなかったが、かれがほほえむと、ほかのものもついつられて笑いだした。だが、だいたいにおいて、三人はインディアンのようにしずかにかいをこいだのだった。

かれらは、ある細長い島を一周《いっしゅう》した。そこには、イバラや、イラクサや、トゲリンボクが、いちめんにぎっしりとしげり、水面にまでのしかかっていた。子どもたちはこの島を「もつれ島」と名づけた。この島を見て、かれらは生まれてはじめて、人間がまだ一度も足をふみ入れたことのない島にきたような気がした。水ぎわのところでも、足をふみおろす余地《よち》がぜんぜんなかったのだ。

この島をこえると、川はふたつに分かれていた。どちらへ行ってもおもしろそうに思えた。そこでかれらは、それぞれすこしずつさかのぼってみた。するとどちらの川もまたこまかく分かれていた。これは探検《たんけん》されることを待ちのぞんでいる水の迷路《めいろ》なのだ。だがいまはもう家に帰る時間になっていた。女主人が子どもたちに命じた規則《きそく》らしいものといえば、ただひとつ、食事に間にあうように帰ることだった。もし食事におくれたら、ミス・シビラはいても立ってもいられなくなるにちがいない。オスカーは時間のことをぜんぜん考えず、アイダもなにかにむちゅうになるとほかのことをまったくわすれてしまうたちだったが、ピンは女主人をこまらせるようなことはとてもできなかった。この点ではかれはとてもがんこだったので、アイダもオスカーも反対できなかった。

こうして三人はおとなしく帰ったのだが、ミス・シビラはピンのお手がらをちっともみとめてくれなかった。ピンが大食らいでなかったからだ。

5　フクロウの宮殿

　あくる朝、子どもたちは村の通りを歩いて、大きな白い壁紙《かべがみ》と画鋲《がびょう》を買った。（えのぐと筆《ふで》は、雨の日に遊ぶため、アイダが持ってきていた。）かれらは壁紙のまんなかを寝室《しんしつ》の床《ゆか》のまんなかに鋲でとめた。そしてこのまんなかをグリーン・ノウとすれば、あとは必要《ひつよう》なだけ紙をひろげて、それを川の上流や下流にすることができるのだった。そしてまず手はじめに、すでに探検《たんけん》したところをできるだけくわしく思い出しながら、えんぴつで書きこんだ。それからかれらはまた出かけた。

　毎日、かれらは別《べつ》の支流《しりゅう》を探検した。だがいつも、いちばんよい場所はさらに先にあるようだった。

　そのうち、気がついてみると、夏休みはいまやまっさかりをむかえていた。川はボート遊びの人たちでこみあった。中にはそれまでボートに一度も乗ったことのない人まできていた。かれらはキーキー声をあげて注意しあい、岸から岸へとよたよた乗りまわし、へまをしてボートがゆれるとかんしゃくをおこし、水の中に落ちるとおたがいにからかいあった。へさきには犬まで乗せ、それがたえまなくほえていた。モーター・ボートはうるさい音をたて、鼻息荒《あら》く走り、それに乗った婦人《ふじん》は、さわがしい音に負けまいとして、かん高い声でしゃべっていた。水泳をする人は犬のように岸からとびだし、いきなり水にとびこむものだから、波のためにあらゆるボートがはげしくゆれ、さわぎはますます大きくなった。

川はもう、子どもたちがむちゅうになっていた、神秘的《しんぴてき》なところではなくなってしまった。もちろん川は、美しくまがりくねり、きらきらかがやき、しかもすずしく、カヌーの下では水があたってピチャピチャ音をたて、空には雲が地平線から地平線までのどかにうかんでいた。だがそれでも、川はあたりまえの場所――人間の遊び場になってしまった。川をほんとうのすまいにしている生きものたちは、みんな身をひそめてしまった。ほんとうの命はなくなって、水泳プールかお祭り場にすぎなくなってしまった。

アイダが、例《れい》によって、新しい方針《ほうしん》をきめた。

「あの人たち、なにもかもだめにしてしまうわ。あたしたちの川も、かわってしまった。もとどおりの川を見たかったら、夜明けに出かけなきゃだめよ。毎日、空が明るくなりかけたころに起きましょうよ。そしたら、朝ごはんのまえに探検ができるわ。そして昼間は、お日さまの下で寝《ね》てすごすのよ。シビラおばさんに、朝ごはんまえに出かけますっていいましょう。どれくらい早くっていうことは、いう必要《ひつよう》ないわ。ただ、魔法《まほう》びんをお借《か》りし、ビスケットをいただけばいいわ。あたしたちが帰ってきて、朝ごはんをたくさん食べれば、おばさんは大よろこびするにきまってるわ。おまけにあたしたち、すごく早く起きれば、今までの二倍も遠くまで行く時間があるはずよ」

よく朝、たいそう早く、子どもたちはまだカーテンをひいたままの家をそっとおりて、外に出た。外の世界は、アイダにとって、いつもとはまるでちがったものに思えた。全体がかたむいているような感じがした。というのは、月がちょうどしずむところで、思いがけない方向の空のはしにかかっていたからである。おまけに夜明けのあかりも、アイダがそれまでに見たよりもっと東のほうからさしこんできていた。コンパスがくるったような感じだった。牛たちはねむっていた。白鳥もねむっていた。どの家の煙突《えんとつ》からも、煙《けむり》は出ていなかった。飛《と》びかう鳥も見えなかった。あざやかな赤色のキツネが、口にバンをくわえて、野原をかけぬけた。ただ川だけが音をたてていた。水門を流れ落ちる水が、立ち聞きしている者はだれもいないと信《しん》じこんでいるかのように、そそっかしく、大声で、夜明けとないしょ話をしていた。

子どもたちはカヌーの綱《つな》をほどいて出発した。じょうずにかいをあやつり、全速力で進んだ。このようにしずまりかえった世界が、ちょっぴりおそろしいように思えたからである。かれらははじめて、じぶんたちの鍵《かぎ》で水門をあけた。胸《むね》がドキドキした。少年たちは熱心《ねっしん》に鍵をまわした。アイダはカヌーの中にすわっていたが、男の子たちが急いでやりすぎて、あたしは水門に吸《す》いこまれてしまいはしないかしら、と考えつづけていた。が、そんな心配をする必要はなかった。鍵はふたりがかりでようやくすこしずつうごくだけだったのだ。少年たちは息をはずませ、あえぎ、とちゅうで何回も休んだ。みんなはふたたびカヌーに乗ると、いよいよ水車池へとのりだした。するとカヌーは、水車用水路にひきこまれ、ものすごいいきおいで走りだした。水流はカヌーの底《そこ》をハンマーのようにたたいた。カヌーははねあがり、ぐらぐらゆれた。子どもたちはどうしようもなく、ひややかにしずんでいく月の光のもとで、不安におびえながらすわっているだけだった。だが、それでもぶじに、かれらは下の平らな水路にはいることができたのだった。

夜明けとはいっても、まだ太陽はのぼらず、風もなかった。空には雲らしい雲は出ていなかったが、ただいちめんに青白くかげっていた。水面はさびた水銀のようで、遠くには、木々の葉がなにかわすれもののようにかすんでいた。進んでいくカヌーのまわりは、深くシーンとしずまっていた。そしてこのふしぎな沈黙《ちんもく》の世界にはいりこんでいるものは、どれもこれも、子どもたちの空想《くうそう》をかりたてた。たとえば、岸べにきどったかっこうで身をよじってならんでいるヤナギの木がそうだった。その多くがたいそう古い木で、老人《ろうじん》のように腰《こし》がまがっていた。というよりもむしろ、老人の上着のように、といったほうがよいかもしれない。幹《みき》がぽっかりと大きな口をあけていて、中はすっかり空《から》になっているのだ。「まるで悪魔《あくま》にぴったりだよ」とピンはいったが、じっさい、悪魔なら、夜中にこの空洞《くうどう》にからだを入れて、その木を上着のように着ることもできただろう。ピンは悪魔がいることを強く信じていた。しかし、そうかといって、こわがるようなようすもなかった。ただ、いるにちがいないと思っているだけなのだった。

川はしだいにひろくなり、川底には草ひとつ生えていないものだから、流れは美しかった。大きな木々がひくい丘《おか》の上の水ぎわまでぎっしりしげり、その枝にはホップや野生のツル草がからみついていた。あちこちで、ツル草のために重くなりすぎた木の幹が、いまにも根こそぎたおれてしまいそうな角度で川のほうにかたむいていた。そのうちの一本のてっぺんに、あざやかな黄色のネコが一ぴきうずくまっていた。それはカヌーからあまり遠くない枝《えだ》の上で、子どもたちが下をとおるとき、肩《かた》にとびかかることができるくらいの位置《いち》だった。そして敵意《てきい》を持ったような、するどい目つきでかれらを見おろし、しっぽの先をぴんぴんうごかしていた。

「あれはトラだったかもしれない」

ピンは切れ長の目をよろこびでかがやかしながら、いった。かれはどうも、危険《きけん》を考えるたびごとに、こういう表情《ひょうじょう》がうかぶようだった。

明るい世界がひろがり、東のほうのオレンジ色の空がまぶしいほどぎらぎらかがやきはじめ、水面は点々と小さな光を反射《はんしゃ》した。子どもたちは、目の高さにあがってきた太陽のなにもかも見とおすような視線《しせん》にあって、目をすぼめた。

気がつくと、前方の水ぎわに、人気《ひとけ》のない建物《たてもの》が建っていた。石塀《いしべい》が水に接《せっ》して、水あかでみどり色や黄色になっていた。それをうつして、水もまたみどり色や黄色になっていた。だがかいを入れるごとに、かいのまわりは空色の輪《わ》になった。その建物はもう長いあいだ見すてられていたので、いったい、なんのために建てられたのか、住居《じゅうきょ》なのか、納屋《なや》なのか、倉庫《そうこ》なのか、わからなくなっていた。バルコニーはまだ残《のこ》っており、そこから鉄の階段《かいだん》が水ぎわまでおりていた。だが、もとはたぶん建てたばかりの感じを消すために植えられたツタが、何十年ものあいだ、かってにのびてはいまわっていた。いまではもう、壁じゅうがツタでつつみこまれ、窓《まど》がおおいかくされ、といがつまり、屋根がわらがツタのせんさくずきな指で持ちあげられていた。そうなっても、だれも手入れしなかったのだ。ツタはこのように、じゃまするものもなく元気にのびたので、家をすっぽりおおいつくすと、糸のような指先を空中にただよわせ、茎《くき》の先から身を乗りだした毛虫のように、なにかささえになるものをさがし求《もと》め、そばに立っている木にたどりつくと、それもまゆのようにつつみこんでしまった。だから、この建物のまわりには、まるでたくさんの塔《とう》が建っているように見えた。それでも、バルコニーの上にはまだふたつの窓が見えていた。だが窓わくはこわれてかたむき、いくつかの窓ガラスはなくなり、窓ガラスがあるところも灰色《はいいろ》のクモの巣《す》がいくえにもカーテンのようにかかっていた。さらにもうひとつ、この家の恥《はじ》は、煙突からトネリコの若木《わかぎ》が枝をのばしていたことだ。

子どもたちは階段の鉄の手すりをつかみ、カヌーをつないだ。

「ここは、ピンの話していた悪魔が、昼間かくれてるところにちがいないわ」とアイダがいった。

「悪魔の難民《なんみん》だね」オスカーは夢《ゆめ》でも見ているような声だった。

「たずねてみようよ」とピンがいった。

ひとりずつ、かれらはカヌーからよじのぼり、ゴムぐつだから鉄をふんでも音をたてないで、バルコニーへあがっていった。バルコニーに立つと、ふりかえって川の上に身を乗りだし、美しいけしきをうっとりとながめないわけにはいかなかった。一年じゅうみどり色のひろびろとした牧草地《ぼくそうち》は、肥料《ひりょう》をはこんできてくれる洪水《こうずい》のほかにはだれのせわにもならない、自然《しぜん》のままの土地の清らかさを見せていた。遠くまでひろがっているこの土地は、かつては海までずっと沼地《ぬまち》であって、文字どおり川の床なのであった。牧草地のむこうは、地平線にそって、森がつらなっていた。かつては沼地のはしに森がせまっていたにちがいない。

アイダがいった。

「こんなにすばらしいながめなんだもの、ここに家を建てたのも当然ね。でも、すんでた人たちは、どうしていなくなってしまったのかしら。この家がかわいそうよ」

バルコニーから家の中へはいる戸口には二枚《まい》びらきのドアがついていたが、いまではおとなの腕《うで》のようにふとく、しかももっと毛深いツタの茎が、とおせんぼうをしていた。ピンとオスカーは、そのすきまからのぞいて、ドアの取っ手をさがしていた。オスカーが見つけだし、それをまわしておしてみると、取っ手のまわりの金属《きんぞく》がさびていてすっぽりはずれ、オスカーの腕ごとむこう側《がわ》へつきぬけてしまった。三人の子どもたちは、手のとどくところからドアをおしてみた。ドアは蝶 番《ちょうつがい》でとめられていたし、下のはしも床にとめられていたので、ななめにかたむいた。それで子どもたちは、ほんのすこしあけることができただけだった。

アイダはツタの腕のあいだにもぐりこみ、戸口でもがきながらいった。

「ピンとあたしならはいれるわ。オスカーは大きすぎて、だめね。ああ、きゅうきゅうよ。でもオスカー、中にはいったら、あなたのために窓をあけてあげられると思うわ」

しかしオスカーの奮闘《ふんとう》はすばらしかった。かれのからだでやっかいなのは頭だけだった。耳から耳までのはばがひろすぎるのだ。おまけに頭というものは、腹《はら》のようにへこますわけにいかない。

「ぜったいに、はいってみせるよ」

まだ窓のことをしゃべっているアイダに、オスカーはぴしゃりといった。そしてじっさい、かれはちゃんとはいったのだ。かれの横顔はエジプトの絵のように、肩にそって流線型《りゅうせんけい》になっていた。不可能《ふかのう》なことを実行するその姿《すがた》を、ピンは感心して見つめていた。

三人がはいりこんだへやは、むかしはずいぶんりっぱだったにちがいない。三方に高い窓があり、ツタの日よけから濃《こ》いみどり色の日がさしこんでいた。美しいしっくいの天井《てんじょう》は、川が鏡《かがみ》のように反射してツタの葉のあいだから光を送っているところでは、きらきらかがやく波《は》紋《もん》のついた絹《きぬ》でさらに美しくかざられているようだった。バルコニーの反対側も二枚びらきのドアになっていたはずだが、ドアはもうなくなっていた。家じゅうのあらゆるドアや暖炉《だんろ》が、なくなったりこわれたりしていた。それで、ひろい階段の吹《ふ》きぬけや手すりのついたおどり場まで行ってみると、一階から屋上までが全体でひとつながりのへやになっているように思われた。

クモの巣があらゆるところにかかっていた。まるでこの家の持ち主がひいたままにしていったモスリンのカーテンが、ぼろぼろになって残っているようだった。床には枯《か》れ葉《は》やわらがちらばり、壁にはカタツムリのはったあとがきらきら光っていた。子どもたちはそっとしのび足で歩いた。空屋《あきや》にはいって、ここにはだれもすんでいないと思うと、そこにはいりこんでいるじぶんが悪い人になったような気がするものだ。子どもたちもそういう気持ちにおそわれていた。ほこりと沈黙《ちんもく》。床板は、それをふんだときでなく、何分もたってから、背中《せなか》のほうでギーと鳴った。アイダは心臓《しんぞう》がしめつけられるような気がした。ふと、階段のむこうのドアのはずれた戸口を見ていると、なにかの影《かげ》が壁の上をうごいていた。と、そのとき、手のうしろ側をなにかにはげしくたたかれたような気がした。だれかが小石をなげつけたような感じだ。なにかが床にバサッと落ちた。アイダはオスカーにしがみついた。そしてふたりは身をかがめ、じっとうかがってみた。

オスカーが笑《わら》いだした。

「わかった。フクロウのせいだよ。ここにはフクロウがいるにちがいない。そして食べ残した骨《ほね》のかたまりを、ぼくたちに吐《は》きかけたんだ」

子どもたちのはるか上、明かり取り窓のそばのなげしの上に、大きな白いフクロウがとまり、おこった顔をして、ゆうれいのようにからだをそびえさせていた。そしてよそものたちがじぶんを見上げていることを知ると、えらそうに、さっと頭を足の下まで下げ、その姿勢《しせい》でかれらを見つめた。それからまた、首のところで顔を逆《ぎゃく》にし、さかさまにかれらを見つめもした。

それでもかれらをおどかして追いはらうことができないと知ると、フクロウは、もとの姿勢にもどり、頭を左右にふって、足もとからからだをゆすった。

「ここはフクロウの家――かれがひとりで守っている家なんだ。ぼくたちは招《まね》かれもしないのにはいってきた、不作法《ぶさほう》にね」とピンがいった。

フクロウは、風や水よりもっとしずかなすばやい動作で、羽をひろげてとびかかってきた。急降下《きゅうこうか》してきたかと思うと、最後《さいご》の瞬間《しゅんかん》に、するどいつめをむき出し、指のようにひろげて、さっと急上昇《きゅうじょうしょう》した。からだはほとんどアイダぐらいで、目は、アイダよりはるかに大きいように思えた。そしてなんどもなんどもかれらにおそいかかってきた。しかもまったく音もなくちかづいてきて、いつどこで身をひるがえすかもわからなかった。子どもたちはドアのほうへ逃《に》げだした。ピンとアイダはネコのように走りぬけた。だがオスカーは、またもやエジプト人のように、からだに魔法をかけなければならなかった。それで胴体《どうたい》が半分外へ出て身うごきできなくなっているときも、目と鼻はまだ中にあってフクロウのほうをむいていた。このあわれなかっこうで、かれはフクロウが勝ちほこって飛びまわり、ゆっくりとじぶんの城《しろ》をパトロールし、そして休息に帰っていくところを、見たのであった。

子どもたちは反対側の岸にわたり、そこに腰をおろして、アイダが「フクロウの宮殿《きゅうでん》」と名づけた家のことを話しあった。

「あのツタの中には、スズメがなん千羽もすんでたはずだ。けど、あのフクロウが、みんな食べちゃったんだと思う。それからネズミもだ」

「オスカー、」とピンがいった。「きみはただそうしようと思うだけで、顔を長くひらたくできるの？」

オスカーは、いっしょうけんめいやってみる。アイダとピンはその顔をしんけんに見つめた。だってさっきは、ドアのところでできたはずだ。

「できた？」としばらくしてからオスカーがきいた。

「ううん」とアイダは正直に答えた。
オスカーはすっかりはじいった。

6　世すて人

　オスカーがあまりはずかしそうな顔をするので、アイダはかわいそうになって話題をかえた。

「あのおうち、島の上にあるのかどうか、見てみましょうよ。もし島なら、あたしたちの地図に『フクロウの宮殿島《きゅうでんじま》』って書きこむことができるわ」

「もし島なら、橋がかかってるはずだ」

　子どもたちはこいでいった。はたして、家の裏側《うらがわ》にも、あさい川があった。どろがたまって、草がおおいかぶさっている。橋もかかっていた。ただし、さびてぐらぐらし、おまけにとげのついた針金《はりがね》をはりめぐらして、とおせんぼうがしてある。さらに行くと、川は、はばこそかなりひろがったけれども、ますますたくさんの雑草《ざっそう》がしげって、カヌーはついにほとんど進まなくなってしまった。かいをこぐと、水にうかんでいるみどり色の草がぬれたタオルのようにからみついてきて、それをおしのけるのがたいへんだった。島の反対側の岸は丘《おか》になり、大きな木がしげって、あたりを人目につかない楽しそうな場所にしていた。しかしこんなところへ、ボートに乗ってキャンプにくるようなものずきは、いそうになかった。

子どもたちは、だんことして、必死《ひっし》にこいでいった。またおなじところを苦労《くろう》してこいで帰ることは、考えただけでもたまらない。だからしゃにむに進むよりほかなかった。だがついに、木の幹《みき》がたおれて水にしずみ、黒くぬるぬるになって行く手をふさいでいるところに出た。川の流れが止まり、雑草がおいしげってかたまっているのは、この木のせいだった。その木のむこう側では、水はほとんどすみきっているのだ。

子どもたちは岸によじのぼると、木の幹をローラーがわりにし――ぬるぬるした水あかが油の役をはたした――カヌーをおしたりひっぱったりして、その上をのりこえさせた。この大仕事のさいちゅうに、アイダは足をすべらせ、雑草のしげった川ぶちに落ちこんだ。はいあがってきたときには、人魚のようにみどり色にそまっていた。オスカーは反対側のふちにすべり落ちた。かれがはい出てきたときには、黒いどろのズボンをはいたようだった。ピンだけはきれいな黄金色のままだった。あたたかな日よりで、だれもぬれたことを気にしなかった。じゃまものはのりこえた。いまや子どもたちは、ニレの木が枝《えだ》をさしわたしてトンネルをつくっている下を、矢のようにこぎ進んだ――カヌーにピチャピチャと水のあたるほんとうの川にもどったことをよろこんで。

ふいに、いつものようにへさきにすわっていたピンが、ハッととび上がると、ほかのものにあいずをし、木の枝をつかんで、カヌーを止めた。行く手の岩の上に、両足をはだしのまま水につけた、気味の悪い人がすわっていたのだ。茶色の髪《かみ》の毛《け》がたてがみのように肩《かた》までのび、顔もいちめんにひげだか毛だかにおおわれ、すんなりした高い鼻と、そりかえった鼻の穴《あな》と、がい骨《こつ》のようにおちくぼんだぎらぎらした目だけが、毛のあいだからのぞいている。そして腰《こし》のあたりにあらい布《ぬの》をまいているほかはすっぽだかで、猟犬《りょうけん》のように細いからだをしている。

「人間ライオンよ」とアイダがいった。

その男はつり糸とうきをけんめいに見つめていて、木の下のカヌーにはぜんぜん気がつかなかった。中でも子どもたちを驚《おどろ》かせたのは、その表情《ひょうじょう》だった。それまでに見たどんな表情ともちがうのだ。かれらは知らなかったけれども、それはこの世にたったひとりで生きている人の表情だった。

「魔法使《まほうつか》いだよ」とピンがそっといった。

その男は糸をひきながら、ひくい声でうたいだした。

タム　タム　ティー　アムティティ　アムティ　アイー

タム　タム　ティティ　アムティティ　アイー

「あれは魔法使いの歌じゃない。あの人、逃《に》げてきた難民《なんみん》だよ」とオスカーがいった。

「行って、あいさつしてみようか。それがれいぎだよ」

かれらはカヌーからよじのぼって、岸を歩いていった。

「おはようございます。あなたの島に、ちょっとおじゃましていいですか？」とピンがおじぎをしながらいった。

男の人はゆっくりふりかえった。まるで、だれか人が話しているなんてとても信《しん》じられないけれども、ひょっとして？　というようなかっこうだった。それからせきばらいし、だれもいないじゃないかというように顔をもどしたが、やがてまたふりかえると、ふたたびせきばらいをした。

「どなただな？」かれはすこししわがれた声できいた。

「ぼくたちも難民なんです」とオスカーがいった。「ですから、気にしないでください」

「キャンディーを食べません？」アイダは菓子《かし》の袋《ふくろ》をうやうやしくさし出しながら、いった。

「キャンディー？」男の人は夢《ゆめ》でも見ているようにききかえした。「そんな言葉があることを

わすれていたよ。キャンディーだって？」

かれは手をのばしてひとつとろうとしたが、ふいにやめて、まわりをそっと見まわした。まるで、いまにも群衆《ぐんしゅう》がおしよせてくるのではないか、といったような顔つきだった。かれはキャンディーを口に入れると、目をとじて、それを味わった。それから目をあけると、ねばついているキャンディーからぐいと歯をひきはなして、いった。

「思い出してきたぞ、思い出してな」

しばらくしてから、またいった。

「ステーキとミート・パイ！　朝めしにはベーコン・エッグ！　あったっけ――ベーコンってのが！　ほんとうだ！」

難民のオスカーには、男の人の気持ちがすぐにわかった。だがアイダはとほうにくれてしまった。

「ベーコンを、きらしてたんですか？」とアイダは聞いた。

「ベーコンをきらしてたかって？」

男の人は笑《わら》いだした。だがその笑い声はうまくつづかなかった。笑ったかと思うと、止まった。大声をあげたかと思うと、横すべりして、息がつまるようなハッ！　ハッ！　という声になった。かれは手の甲《こう》で目をぬぐった。

「おちびさんらは、ゆうれいでないとしたら、どこからきたんだな？　ひとりは中国人かな」

かれはうたがわしそうに、ひとりごとのようにいった。

「ぼく、そうです」ピンはおじぎをし、微笑《びしょう》をうかべた。

男の人はむずかしい顔をした。

「わしゃあもう長いこと人間に会っていない。だからどう考えたらいいかわからん。だが中国人とは、どうも合点《がてん》がいかんな」

「そんなことはないですよ」とオスカーがいった。「ぼくら、あやしいやつじゃないんです。そしてだれにもぜったいつげ口しませんよ。おじさん、ここにすんでるんですか？」

「わしはもうかんじょうできないくらいの年月、ここにひとりすんどるよ。じぶんでもかんじょうせんかった。なんの役に立つ？　そんなこと、だれが知りたい？　わしゃあ知りたくもないよ。わしゃあ年よりかもしれん。そうでないかもしれん。どうだい、わしは年よりなんかね？」

「顔はずいぶんやせこけてるわ」アイダは、うそはいいたくなかった。「でも髪の毛はすっかり茶色で、ふさふさしてます。だから、年とった年よりのはずはないわ、ね？　おじさん、食べものをじゅうぶん食べてないんじゃない？　お店でベーコンを売ってないんですか？」

「店だって！」男の人は軽蔑《けいべつ》したようにいった。まるで大むかしのトロイの羊かいがしゃべるのを聞いたような顔つきだ。「そういうごまかしがいまだにおこなわれているのかい？　店は金をほしがるんだ」

「お金を持ってないの？」

「持ってないし、ほしくもないさ。わしがここにきたのは、お金の話にあきあきしたからだよ。だれもかもが、それを手に入れるために生涯《しょうがい》はたらきつづけ、だれもかもが、くる日もくる日も、しょっちゅう、それがたりないといっている。そして店の店主てのは、いくらはらって仕入れたんだから、いくらはらって買ってもらわなくちゃならないなんて、客にごたくをならべてる。わしはすっかりいやになっちまったんだ。

こんなことを人にしゃべってるの、へんな気持ちだな。ずっとしゃべったことなんかないんだ。ときどきわしは、わしの思い出すことが、ほんとうは夢だったんじゃないかしらと思えてくる。わしはもとロンドンのバスの運転手だったよ。だがな、人間ってのが、すっかりいやになっちまったのさ。どこまで行っても、おしあいへしあいしてバスを待ち、しょっちゅう車輪《しゃりん》のまえを走り、うしろにへばりつき、車に乗ってわしのまえをよこぎりながら、いやなにおいを出していく連中《れんちゅう》がな。それから、どの道路にもいちめんにならんでいる、ほんものよりも大きいポスターの中の人間ども——殺《ころ》しあったり、キスしあったりしてさ。それでもうがまんできなくなったんだ。

それである日、わしはここにきたのさ。ちょうど祭日だったんで、だれもほかに人がきてない場所としちゃあ、ここしかなかったんでね。ここへくるにゃあ、どろんこの中をひざまでつかってわたってこなきゃならないんでな。その日からきょうまで、だれひとりここにゃあこなかった。見のがしたはずはないんだけどな」

「ぼくたち、おじゃまでないといいんですけど」とピンはいった。

アイダはもっといろいろ知りたかった。それでピンよりはあつかましかった。

「ここにくること、そんなにむずかしくはなかったわ。むこう岸にはなにがあるの？」

「いま話したどろんこが、森のはずれまでつづいてるのさ。夜になると、たいてい、カップルたちが森にやってくるよ。だが、どろんこ沼のおかげで、そこまででおわりってわけさ。とにかく、わしはここにやってきた。そして腰をおろし、服とシャツをぬぎ、お日さまの下で寝《ね》そべった。そしたらあの青空のお日さまが、みんなわしのもの、まったくわしのためのものになったんだ。それから、サラサラと鳴り、止まり、またサラサラと鳴る川や木の葉の音もな。いまでも、まるできのうのことのようにその音が聞こえてるよ。わしはそのままとどまった。いつまでもいることになろうとは思わなかったよ。ただ、帰ろうかしらんと考えるたびに、帰ることがたえられなかったのさ。わしはポケットに小金を持ってたから、おのと釘《くぎ》を買ってきた。木の上の小屋を建《た》てるためにね。といったって、小屋なんてしろものじゃないけれどな」

「木の上の小屋にすんでるんですか？」

子どもたちは一度にいって、あちこちと見まわした。男の人はいたずらそうな顔をした。

「いいかい、もし地面にたてたら、いつかこのあたりのおせっかいな管理人《かんりにん》がやってきて、地代を請求《せいきゅう》せんものでもない。おとぎ話のおちびさんたちのほかにだれもやってこないとは、知らなかったのさ。それに洪水《こうずい》のためにも、木の上のほうがいい。そこにすわって、なんキロもひろがった洪水を見おろし、干《ほ》し草《くさ》の山や板が流れていくのをながめていられる。ぜいたくな孤独《こどく》を楽しめるのさ」

「食べものはなんなの？」とオスカーがきいた。ミス・シビラのことを考えていたのだ。

「さかなをつったよ。岸ではなく、小屋の入り口でね」

「木の上の小屋の中で、どうやって料理《りょうり》するの？　火事になりゃしないかしら」

「料理なんかしないさ、生《なま》のままで食べるんだ。ふるえなくったっていいよ。おじょうさん。

動物園でアシカがさかなを生のまま食べ、あんまりうまいもんだからひれをたたいてよろこんでるのを見たことがないかね？　わしもちょうどおなじように、さかなをそのままこま切れにして、のみこむのさ。いいかね、しょっぱなから、わしは火は使えないときめたんだ。煙《けむり》はどこからだって見えるからな。マッチを持ってなかったから、いったん火をつけたら消すわけにいかない。そしたら、いつかはだれかが、いつもおなじところから煙が出ていることに気づいて、ようすを見にくるってわけさ」

アイダとオスカーは胆《きも》をつぶしてしまった。ぜんぜん火がなく、あたたかいスープも、ココアもなく、冬に暖《だん》をとるものもなく、かわいた着物もないわけだ！　だがピンはいった。

「いろんなかわいい生きものが、火なんかなくたって平気だよ。鳥も、ロバも、馬も、牛も、それからアナグマも、野ウサギも、ハリネズミも、ハツカネズミもね」

「そうなんだ。わしもそのとおりのことを思ったんだよ。わしはほかの動物を観察《かんさつ》した。そしてそいつらが食べられるものなら、わしだって食べられたってわけさ。昆虫《こんちゅう》だけは、よろこんで食べる動物もいたけれど、わしはすきになれなかった。それから人間の歯ってのは、草をうまいと思って食べるようにはできていないんだな。羊や馬が食べてる音を聞くと歯切れがいいけど、人間の口にはあわないんだ。だが芽《め》をつけたばかりの若枝《わかえだ》は、まずかんでみるだけのことはあるな。たいていの木は冬でも芽をつけてるもんだよ。ニレの木なんか、ボリボリかんでると、からだが強くなってくるような気分がするな。野バラはリンゴのようだ。学校の生徒《せいと》なら、サンザシの若葉のことは知ってるな。まだあるよ——野生ニンジン、アカザ、カラス麦、クローバー、オランダガラシ、野ナス、キノコ、ブナの実、ハシバミ、ニワトコの実、黒イチゴ。

しかし正直いって、最初《さいしょ》の冬はほんとうにつらかったよ。なにもかもが凍《こお》ってしまうと、さがしたってむだなんだ。たくわえをしておかなきゃ、食べものはなんにもなくなっちまう。わしはそれをしておかなかった。そこでわしは、もうしようがないから、クマやハリネズミやミツバチが本能的《ほんのうてき》にしてることをしたよ。冬眠《とうみん》することにしたんだ。あいつらにできるんなら、わしにできないはずはないと考えてね」

オスカーの目は、話につられて、きらきら光り、大きく見ひらいた。

「で、冬眠したの?」

「さあて、足長ぼうや、はっきりわからないんだよ。ここにはカレンダーがないし、わしをたたき起こして、『もう来週のあしただよ』なんていってくれるものもいないんでね。わしは小屋ん中でからだをまるめて、ねむったよ。目がさめてみたら、霜《しも》はとけてなくなってた。わしにいえることたあ、それだけなんだ。だが、目がさめて戸口まではっていってみると、幻《まぼろし》みたいなものが見えた。長いあいだものを食べず飢《う》えそうになると、人間は幻を見るようになるそうだ。わしにも、そこにいるはずのないものが見えたんだ。鹿《しか》だとか、野ブタだとか。冬眠すると、よくおかしなものが見えるんだよ」

「おじゃまでなかったら、おじさんの小屋を見せてよ」

「いいとも、よろこんでだ。は、は、は。そういう言葉もあったんだっけな？」

男の人は先にたって歩いていった。ピンが最初にその小屋を見つけた。それはイチイの木の上に、幹《みき》を背にしてできていた。屋根はイチイの枝でふいてあり、壁《かべ》のまわりにたれさがっていた。入り口は窓《まど》にもなっており、木を編《あ》んでつくった壁のなかほどのところに、シジュウカラの巣《す》の入り口のようにひらいていた。はしごはなかった。小屋にはいるには木をよじのぼっていくのだった。

「レディー・ファースト（ご婦人《ふじん》が先）だよ」

小屋の家主は、もう信じられないほどむかしの記憶《きおく》からとくいそうにこの言葉を思い出しながら、頭をかき、高らかに笑った。アイダはむちゅうだった。行儀作法《ぎょうぎさほう》なんてものがなかったら、突進《とっしん》していったかもしれない。アイダはシジュウカラのように、ぴょんと中にとびこんだ。

「まあすてき！　ずいぶんきれいにしてるのね」

「ブタのまねするこたあないからな」

小屋は四人用にはできていなかった。ほかのものがはいるために、アイダはベッドの上にすわらなければならなかった。ベッドはイグサをたばねて平たくつみかさね、その上に羽ぶとんのようにやわらかくつめものをしたふたつの大きな袋がしいてあった。まくらはもっと小さいけれども、おなじような袋だった。三人の子どもたちはいっしょにベッドにもぐりこんで、それをためしてみた。

「どうだい、ここはずいぶんすみごこちよくなってるだろ。その袋につめる毛をこっそりあつめるにゃあ、ずいぶん時間がかかったよ。森のむこう側に羊の牧場《ぼくじょう》があったんだ。わしは、わしだけの知ってる道をとおってどろんこ沼をわたり、そこへ行ったもんだよ。それから運のいいことがあった。二羽の白鳥がここにすむようになったんだ。毛がはえかわる季節になると、かれらはすわってくちばしで羽をそろえ、いっぱい毛を残《のこ》していくのだよ。わしはたいそう運がよかったのさ。わしがここに持ってきたのはナイフと釣糸《つりいと》だけだったけど、ごらん、いまじゃ、こんなにいろいろあるんだ」

男の人は誇《ほこ》らしそうにあたりを見まわした。床《ゆか》の上にはブリキの茶わんや、はでに色をぬったブリキのコップ、菜切《なき》り包丁《ぼうちょう》、ひしゃくにいっぱいのパンの卵《たまご》、バケツにいっぱいの草の種《たね》（まるで馬のえさのようだわ、とアイダは思った）、それに袋にいっぱいのブナの実があった。かたすみにはたいそう古いズボンと、ほとんど見わけのつかなくなったバス運転手用のジャケットと、ロビンソン・クルーソーが着ていたと思われるような毛の上着とが、ぶらさがっていた。オスカーは感嘆《かんたん》してその上着を手でいじくった。

「鉄砲《てっぽう》を持っているの？」

「いいや、もちろん鉄砲なんて持っていないさ。もし持ってても、その上着の主を撃《う》ちはしなかったよ。その主ってのはな、とてもかわいい犬だったよ。主人が恋人《こいびと》といつまでもしゃべってるもんだから、そのあいだにどろんこ沼でまよっちまったらしい。にっちもさっちもいかなくなって、あやうくおぼれそうになった。で、わしはこの家まで連《つ》れてきてやり、さかなの晩《ばん》めしをたっぷり食べさせてやったのさ。そしてもう友だちになったんだから、耳のうしろをなでてやっているうちに、わしはこの犬がちょうど毛の上着をぬぐ時期にさしかかっていることに気づいたのさ。よくのびていて、ひっぱるときれいにぬけるんだ。それでわしは袋にいっぱい毛を取って、犬をきれいにめかしてやったよ。長い口ひげをつけ、ゲートルと乗馬ズボンをはいたかっこう――品評会《ひんぴょうかい》にも出せそうだったな。あくる朝、わしはこの犬をどろんこ沼のむこうまで連れていってやった。犬ころめ、よろこんで帰っていったけど、かい主は驚いたことだろうな。ところで、わしにはある考えがあったのさ。わしはかたいマユミの木でかぎ針《ばり》をつくった。わしの妹が、すてきな人形の家の敷物《しきもの》をつくるときに使ってたのとおなじようなかぎ針だよ。それからわしは、着ていた綿《めん》のあら織《お》りのチョッキをぬいで、あのフォックステリヤの毛のふさを穴から穴へととおし、結んでいったのさ。そしてできたのがあの上着だよ！どんな天気のときだってあたたかい。そして犬のようにかんたんにあらえる。

包丁は干《ひ》あがった水路で見つけたよ。これも運がよかったな――包丁がなくちゃあ、アシを刈《か》ることもできなかったからな。ここにあるものは、みんな川からひろってきたものばかりだ。小さな水の流れがこんなにいろいろ運んでくるなんて、すばらしいよ。釘を打ちこんだ材木《ざいもく》、細いひもをとおした袋――このふたつは、いつだって役に立ったな。

おじょうちゃん、あんたはふしぎに思ってるんじゃないかね――わしがどうやって縫《ぬ》いものをするんだろうと。わしもこまってた。が、ふと、馬に話して、しっぽの毛をいくらかもらうことにしたんだ。わしはなんでも、だまって取ることはしないんでね。わしはだれのせわにもなっていない。そしてすばらしいことだよ――だれにも気づかれずにいるってことは。どんなものだって、気がつかなきゃあ、存在《そんざい》しないとおなじだからな」

「つまり、だれもおじさんに気がついてないってことなんだね。ぼくたちのほかには」とオスカーがいった。「ぼくたち、けっしてだれにもいいやしないよ。ぼくたちも難民なんだもの」

「おじさんが飢《う》えそうになったときに見た幻のことを、話してください」とピンがいった。

「なにもかもがばかに大きく見えたよ。川はむこう岸が見えないくらいだったし、イグサは二倍も大きかった。アヒルがたくさんいた。ガアガア鳴く声で頭がいたくなるくらいで、おかげでなにもかもこの世のものでない気がしてきたよ。どこかどろの中で大きなけだものがころげまわっていた。森はざわめき、まるでものをしゃべっているみたいだった。それから、空《から》のカヌーが岸にへさきをつっこんで止まっているのが目にはいった。『おれは、とうとうつかまっちまった』とわしは思った。だがカヌーに乗ってきた連中は、わしを追っかけてるんじゃなかった。やつらはもじゃもじゃの髪をした野蛮人《やばんじん》で……」

男の人は聞き手のことはわすれてしまって、考えこんだ。

アイダが、つづきをうながすためにいった。

「いまのおじさんみたいね」

「え、なんだって？」

ライオン人間はぽかんとアイダを見つめた。それから手をあげてじぶんの髪にさわり、まるではじめて見るようにじぶんの細いこげ茶色の足をながめて、笑いだした。

「ほんとにまったくそうだ！　わしはまだ、じぶんがバスの運転手だと思っていたよ！　あそこにまだ制服《せいふく》がかかってるしね。……だがやつらは、わしより有利《ゆうり》な点があった。やつらは逃げてきたんじゃないんだ。だれもしちめんどうな書類《しょるい》を持ってやつらを追いかけやしない。やつらは自由だったんだ。

それで、やつらはわしの木の下で火をたいた。焼《や》きブタのにおいがぷうんとにおってきた。わしは赤んぼうのように泣《な》いたよ。あたりには動物がいっぱいいた。やつらはほしいだけつかまえることができた。わしなら、もしつかまえることができたって、殺しはしないよ。どうやら命が助かって、あたりがしずかなときにあっちこっちからそっとのぞき見してるかわいそうな生きものを、殺せるもんか。ハリネズミや、バン、オオサギ――みんなわしを仲間《なかま》のようにしてつきあってくれてるんだ。わしたちゃあみんな生き残りだよ。さかなもすこし残ってるだけだ。わしはときどき一ぴきつかまえるだけだよ。そうだ、釣糸がどうなってるか、行ってみよう」

みんな木をおりた。男の人だけはぴょいぴょいととびおりた。

はたして、釣糸はぴんとはり、ぴくぴくうごいていた。だいぶ大きなさかながかかっていた。

「これで今夜の晩めしができた。いっしょに行って、カヌーが上流の針金をこえるのを手つだってやろう。ところで、きみたちはここにやってきたとき、雑草の中にかいのあとを残しただろう。いや、そうにちがいない！」

男の人の声はふいにいかりにふるえだした。子どもたちはしょげかえり、追いたてられているような気になってカヌーにとびのり、上流へとこいでいった。男の人は影《かげ》のように木々のあいだを見えかくれし、岸づたいについてきた。ついに、針金の網《あみ》をわたして柵《さく》になっているところについた。この流れは、そこで大きな川に接《せっ》しているのだった。

男の人はさっきよりやさしい声でいった。

「どうしてこんな網がここにわたしてあるのか、わからない。だが、わしにゃあつごうがいいのさ。川を流れてくるものが、つぎつぎとここにひっかかるからな。その材木をかいでわしのほうにおしてくれないかい？　ね、釘がついてるだろ？　しかもいい釘だ。わしはいつも注意して、こういうものをあつめておくんだ。さて、カヌーは岸の上を運ばなくちゃならない。気をつけて――足あとを残さないようにな。そうら、これでいい。さあ、行きな。もうここへくるんじゃないぞ」

子どもたちがあまり意気消沈《いきしょうちん》しているようすなので、ライオン人間は、一瞬《いっしゅん》、むかしのバス運転手らしい思いやりをとりもどしたようだった。かれはいった。

「わしはこんなに行儀のいい子どもたちに会ったことがないよ。だがな、一そうでもボートがくれば、ほかのがぞろぞろついてくる。だから、もうほうっておいてくれ。わしはきみたちの夢を見た、きみたちはわしの夢を見た、な？」

カヌーの中から、アイダは手をふり、ピンはおじぎをし、オスカーはあらあらしく、長い足をしてつっ立っていた。男の人はしばらくかれらをじっと見送ってから、釘のまわりに上等の針金までついていただいじな材木の上にかがみこんだ。

子どもたちはみじめな気持ちで、だまってかいをこいだ。だが、やがてアイダがいった。

「あたし、ずっと考えてたんだけど、みんなでまた、あの人になにかおいしい食べものを持っていってあげたいわ。でもあたし、あの人が見ていないうちに、ブリキかんにキャンディーをいっぱい入れといてあげたの」

「ぼくはまくらの下にチョコレートをおいてきた」とピンはいった。

「ぼくはあの人のバス運転手の上着のポケットに、さかなつりのてぐす糸を袋に入れておいてきたよ」とオスカー。

これでみんなは、多少、気が楽になった。

その日の朝食に、ミス・シビラはこのうえなくすばらしい、よだれがたらたら流れるようなベーコンと、かき卵と、キノコと、揚《あ》げパンを料理してくれていた。アイダは口をひらいてなにかいいかけた。が、オスカーがすぐにそれに気づき、テーブルの下でアイダの足をけった。

ピンは首に指で線をひいて、ちょん切るまねをした。

「アイダ、なにをいおうとしたの?」

「ただおなかがすいたってことよ」アイダは悲しそうにいった。

7　飛馬島

暑い日になっていった。村の小さな道にはまだだれも姿《すがた》をあらわさず、家々からはベーコンのにおいがただよっていた。だがアイダとオスカーとピンはもうたっぷり一日分をすごした感じで、ほとんど目もあけていられないくらいだった。かれらはやっとのことでしずかな日あたりのよい土手を見つけると、ハツカネズミのようにからだをまるめてねむりこんだ。ときどき、アイダが腕《うで》をかかえて寝《ね》ころんだまま、こんなことをいった。

「ねむってるの？」

するとピンかオスカーが答えた。

「うん」

暑い午後、かれらは水門の上の深いふちで泳いですごした。カエルのようにポチャンととびこみ、コルクのようにひょこひょこうごいた。泳いでいるピンの顔はアシカの子どものようにつやつやし、そのビロードのような目はきらきら光るさざ波の中でかがやいていた。オスカー

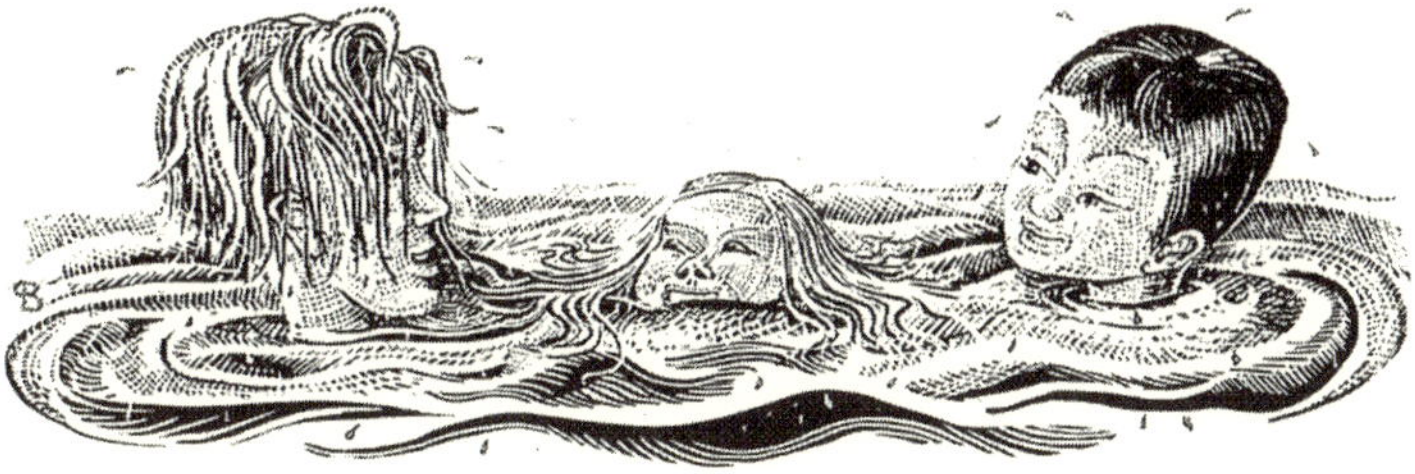

の髪《かみ》はいつも目の中までたれさがっていた。かれを見るたびに、この子、ずぶぬれになった羊そっくりだわ、とアイダは思った。そしてケラケラ笑《わら》いだし、はては足をうごかすことまでわすれてしまうものだから、口やむきだしになった歯のすきまから水がガボガボはいってくるしまつだった。かれらは川から出てひと休みし、からだから水をポタポタ流しながら日光浴《にっこうよく》をし、ふたたびかれらをうけ入れてくれるつめたい水の中ではねまわる準備《じゅんび》をするのだった。

　休みで遊びにきたほかの人たちも、川にむらがった。日なたにも、日かげにも、かれらはいた。さお舟《ぶね》がゆっくりとおりすぎ、ずっと上流のほうまでのぼっていく。すると、へさきでさおさしている背《せ》の高い人の姿が、マッチ棒《ぼう》のように小さくなっていく。カップルもいる。若者《わかもの》がオールの手をやすめているあいだ、少女たちはゆったりと、指を水にさし入れ、雑草《ざっそう》をリボンのようにひっかけて、まどろんでいる。船室のついたモーター・ボートは、いきおいよく遠くから遠くへと走りまわり、ときどき三人の元気な子どもたちを見おろしはするが、この子たちにとってこのいそがしい昼間は価値《かち》のない時間だなどとは、夢《ゆめ》にも思わずにいる。

アイダはピンとオスカーに話していた。

「あたし、きょうは昼間たっぷりねむったので、夜になってもねむれそうにないわ。ひと晩《ばん》じゅう外に出てみない？　闇《やみ》の中ではまったくちがうことが起こると思うわ。あたしたち、ここにいる人たちがいなくなってから、川で遊びたいと思ってるわね。そしたら、ほかにもおなじように思ってるものがいるはずよ。ほんとうの川の生きものたちがね」

「モーター・ボートよりずっとどうどうとした巨大《きょだい》な水ヘビなんか、ね」とピンがいった。

「白鳥みたいにゆうゆうと泳ぎ、そのとおったところはうねうねと長くあとがついている。そしてあらゆるさかなが先をあらそって逃《に》げていく。水ヘビの王さまどうしが出あって格闘《かくとう》することもある。ぼくたちはゾウ使いのようにその首に乗ることができるかもしれないんだ」

「家のむかい側《がわ》の大きな島で、ひと晩すごしましょうよ」とアイダが提案《ていあん》した。「あの島、なぜか知らないけど、そこらじゅうに、『上陸禁止《じょうりくきんし》』っていう看板《かんばん》を立ててるわ。そして、なぜだか、だれもけっして上陸しないのよ。みんな、ずいぶんすなおなのね。でも夜だったら、だれもあの看板に気がつかないわ。あたしたちだってそうよ。だから行きましょうよ。おもしろい場所にちがいないわ。だって、なにかが――なんだかはよくわからないんだけど――そこをひとりじめにしてるんじゃない?」

おやつの時間、子どもたちはしずかだった。夜のためにエネルギーをたくわえていたのだ。ビギン博士《はかせ》は考えにふけりながら、お茶の葉を見つめたり、ケーキのくずを皿の上でかきまわしたりしていた。ミス・シビラ・バンはじぶんのごちそうにあまい声で話しかけ、ケーキの皿をまわしてあらゆる方角からながめ、このうえなくふっくらと仕上がったことを祝《いわ》ってケーキにおじぎをしていた。この人が、台所でこのケーキにクリームをかけ、かわいくてたまらないというように軽く手をふれ、さいごの仕上げとして銀色のあまい玉をつけたり、アーモンドをへりにならべたりしているさまは、パーティーに出かける子どもにドレスを着せている姿とかわらなかった。やさしく、やさしく、ケーキに話しかけているのだ。ケーキを切るときもまたおなじだった。なかなかナイフを入れることができない。そしてナイフを入れるときには、いつも最初に切ろうとしたときよりすこし大きく切って、楽しそうに笑うのだ。だからいま、ビスケットと菓子《かし》パンが夜の食糧《しょくりょう》になるためこっそりポケットにすべりこんでいっても、ミス・シビラはいっこうに気づかず、うれしそうな驚《おどろ》きの声をあげてこういうだけだった。

「おや、まあ！　お皿が早く空《から》になること！　じゃあ、つぎはクルミとアーモンドを砂糖《さとう》で煮《に》つめたプラリーヌと、スポンジケーキが食べられるわね？」

おやつのあと、子どもたちは地図をかきはじめた。アイダが、地図のどの部分も、まちがいないことがはっきりするまでは色をぬらないことにしましょう、と提案した。それからまた、それぞれの島の特《とく》ちょうをしめす絵をかきこむことにもした。すでにグリーン・ノウはまんなかにかいていたので、その両側に、かれらの行ったところまで川をぐんぐんのばしてかいていった。ボート小屋、ダム、水門の絵もかいていく。それから、「白鳥の巣《す》島」「もつれ島」「フクロウの宮殿島《きゅうでんじま》」「世すて人島」という名まえを記入し、ほかにもまだ上陸したことはないけれどもよく知っている島を、形だけかいておくことができた。そのひとつが、グリーン・ノウの川むかいの大きな島だった。まだ名まえはないけれども、かれらがこれからひと晩すごそうとしている島だ。

真夜中、アイダがふたりの少年を起こしたとき、家はカーテンをひいたような灰色《はいいろ》の闇につつまれ、つめたい窓《まど》ガラスだけがしんかんとした外の世界からかれらを守っていた。子どもたちはいちばんあたたかい服を着てそっと下へおりていった。真夜中に外へ出てはいけないと、だれからもいわれていたわけではない。しかし、おとなにつかまったら最後《さいご》、ベッドに連《つ》れもどされてしまうことくらい、かれらはよく知っていたのだ。ギーギー鳴る床《ゆか》と、古くてあけにくいドアと、カーペットのしいてない急な階段《かいだん》とを、かれらはとおっていかなければならなかった。懐中電灯《かいちゅうでんとう》の光が手すりから手すりへとひらめいた。ようやく、子どもたちはレンガづくりの玄関《げんかん》の床におりた。そこでは、昼間たちこめていたあらゆるにおいが、ちょうどしずかなよどみにどろがしずむように、しずんでいた。

外の暗さは、家の中ほどではなかった。とはいえ、月も星も出ていない。しばらくすると、大地といちめん雲におおわれた空との境《さかい》が、ようやく見えるようになった。大地はなにかぼんやりした大きなかたまりのようだった。子どもたちの足どりはおぼつかなかった——というのは、アイダが、懐中電灯の明かりは目をごまかすだけだからといって、消してしまったのだ。だから、さまざまな形の木が立ちならぶ道にきても、はっきりとそれを見ることはできなかった。ただ、闇の中のばくぜんとした感じと、イチイの木のにおいとで、並木道《なみきみち》にちかづいていた。

ることがわかるだけだった。

だが、川はほのかに、しかしくっきりと、じぶんの姿をうかべていた――どうしてその姿が見えるのかはよくわからないのだが。ボート小屋の中はまっ暗闇で、水のにおいとくさった木のにおいが、森の中のように強くたちこめていた。カヌーが水にゆれるなつかしい音が聞こえてきた。だが子どもたちは、そのへりを手さぐりでさがさなければならなかった。

暗闇の中を、見えない岸にむかってこいでいくことは、ずいぶん遠い道のりに思えた。水門の音が大きくなり、まるですぐそばのおそろしい滝《たき》の音のように聞こえた。カヌーのへ、、、さきが岸についたときは、まったくほっとした。

アイダが下にしくためのシーツを持ってきていて、こういった。

「水門のそばにすわりましょう。そうすれば、話をしても声がかき消されちゃって、人に気づかれないですむわ」

子どもたちの目は闇になれてきた。水が滝のように落ちて泡立《あわだ》ち、水門の柵《さく》がやわらかく黒ずんだ雲を背にして、かたくまっ黒にとざしているさまが、見えてきた。おたがいの姿はなにか色の濃《こ》いものに見えるだけだった。すわっていると、しだいに、じぶんたちがこの世界にぽつんとおかれているような感じがしてきた。木立《こだ》ちにかこまれて、わずかばかりひらけた世界だ。それから、もうひとつの、ひらけた世界があるような感じがする。それは川の流れだ……。

子どもたちは深い孤独《こどく》の気持ちにおそわれて、からだをよせあった。いや、孤独なのじゃないかもしれないわ――とアイダは考えた――ここではあたしたち三人がよそものだというだけで、ほんとうはいろんなものがまわりにいるのかもしれない。

「あたしたちよかったわね、水門のこっち側にいて」とアイダはいった。「ピンの水へビがやってきても、水門のおかげでこっちにはこられないわ」

「ぼくの水へビはそんなもんじゃないよ」とピンが口をはさんだ。「そいつはね、からだをもたげ、水門のてっぺんからこっちを見わたし、柵をのりこえてくるんだ――たつまきのようにくねくねとし、長い長いずうたいを運んでね。それから――」

「やめてくれよ、水へビの話なんか」とオスカーがいった。「ほんとうに出てくるぜ」

「やめてもいいよ」とピンがいった。「オスカーは脱穀機《だっこくき》のような大グモのほうがいいんだろ？　まがった足をぴょいぴょいとくり出し、この島をよこぎって、いまこっちのほうにやってくる――」

「やめて！」とアイダがいった。「そんなの、もっといやだわ。なにかいいものを思いつかないの、うたうさかなのような？」

するとオスカーがいった。

「こんなに雲が出ていなきゃあ、遠くの宇宙《うちゅう》からふたつの星が飛《と》んできて、ぶつかりあい、ぱっと燃《も》えて、ローマ花火のような火花をちらすところが見えるかもしれない。でもこんなにまっ暗じゃあ、なにがどうなってるかわかりゃしない。アナグマが国会をひらいていても見えやしないよ。ほえたり鳴いたりする声が聞こえるだけだ。だいじなことは耳をすまして聞いてることだ。ミミズのおいのりが聞こえるかもしれない。草の葉っぱみたいなうすい鼻をしてるんだろうけど、それをあっちこっちゆすって、神さまになにかお願いをしてるんだ。もちろん姿は見えないけど」

「ミミズの声はどんなだと思う？」

「鍵穴《かぎあな》を吹《ふ》きぬける風のような音さ」

「われらはちりにすぎざることを知れって、聖書《せいしょ》にもあるわ」とアイダがいった。「だからミミズの声だって、聞きのがしたくないわ。ここにいたら、聞こえるのは水の落ちる音ばかり。もっとしずかな場所にうつりましょうよ。そうすれば、なにかがやってきたら、音が聞こえるわ」

子どもたちは草地づたいに歩き、島の反対側の、なめらかな坂になったしずかな土手まできた。かれらはそこに腰《こし》をおろした。

「そこらじゅうに、とてもすばらしいにおいがするわ。なんのにおいかしら？　ここにきてから、ずっとたちこめてるわ。それから、目をこらすと、なにか白っぽいものが空中にうかんでるようよ」

アイダは手をあげて、髪の毛からなにかをはらいのけようとした。しかし、それをつかむと、鼻先へ持っていった。

「シモツケソウよ。島のこちら側は、これがいっぱい生えてるのね。ほっとしたわ！　シモツケソウの中にすんでるのは、いい生きものにちがいないもの」

子どもたちはすわって耳をすました。しずかな流れがため息をもらし、ときどきアシの中でざわめきが聞こえた。そのすこし先では、耳なれたダムの音と、まわりをとりまく急流の音がし、ずっと遠くでは教会の墓地《ぼち》の木の中で鳴く若いフクロウの金切り声がした。

やがてピンがいった。

「なにかちかづいてくる音がする」

みんな息を止めた。すこし先から、たいそうゆっくりした足音が聞こえてきた。一歩ふみおろすと、長い間をおいて、また一歩。ピンが息をした。

「あれだ」

そのとき、かすかにきらめいているシモツケソウの上に、白くぼんやりとしたものが、たくさん、夢のように上がったり下がったりしているのが見えた。

「キツネ火かしら？」

「足音を出してかい？」

しばらくのあいだ、かれらの心臓《しんぞう》の音が耳の中でドクドク鳴っているだけだった。と、ふいに、すぐそばで、ここにも、そこにも、いやいたるところで、カッ、カッという、みじかい、きびきびした音がした。

アイダが笑いだした。

「馬よ！　何百頭も！　キツネ火は馬のひたいの白い毛だわ。昼間は、この島に馬なんて見えたことないわ。ね、ピン？　この島には、いつもなにもいなかったわ」

空はたいそうゆっくりと闇をやわらげていった。まるで雲の屋根がしだいに高く上がっていって、影《かげ》がうすくなり、おぼろな大地の上の空間がひろくなっていくような感じだった。そのため、馬の背や首のりんかくもぼんやりと見えるようになった。たくさんの馬が群《む》れになり、うごきながら、クローバーやシモツケソウを食べていた。

「あたしたちのリンゴをやってみましょう」

三人の子どもたちは、馬のほうに進んでいった。ところが馬の群れは、急ぎもせず、子どもたちに気がついたようすさえも見せず、わきをむいてしまった。正面から顔を見ることもできなかった。走ったり、そっとちかづいたり、おだてたりしたが、だめだった。この冷淡《れいたん》な動物たちにちかづくことは、どうしてもできなかった。

つかれてしまって、ピンとオスカーは土手に身をなげだした。

オスカーがいった。

「そのうち、水をのみにくると思うよ。魔法《まほう》の言葉でもあればいいんだけどな」

ピンがいった。

「だまって！　ぼくはいま、川の音に耳をすまして、魔法をかけてるんだ」

アイダは立ったままで、目をこらして馬のほうを見つめていた。と、アイダはハッとして息をのんだ。きんちょうのため、からだじゅうが電線のようにぴりぴりふるえるような気がした。馬の背の上でなにかがパタパタうごき、一瞬《いっしゅん》、空の一部を見えなくしたのだ。つぎの瞬間も。またつぎの瞬間も。そして、音も聞こえてきた。

アイダはさけんだ。

「ピン！　なんの魔法をかけたの？　馬に羽がはえてるわ」

いまや、夜のうす明かりの中で、馬たちはまるでいいあわせたように、つぎつぎと羽をあげた。ヨットの帆《ほ》のようだ。そしてあいかわらず草を食べながら、どうどうと歩いていた。

「オスカー！　ピン！　ああ、ピン！」

ピンは川に身を乗りだしていたが、からだをよじってすわりなおしながら、答えた。

「ぼくは川に、魔法の言葉を与《あた》えてくださいってたのんだんだ。そしたら川は、なんどもなんどもこたえてくれた。それはぼくの名まえなんだ。HSU《エイチエスユー》なんだ。ああ、HSU。HSU」

ピンがそういった瞬間、せんとうの馬がかれのほうに顔をむけ、やさしくヒヒーンといななかいた――と、すべての馬がおなじように顔をあげ、かれのほうにつき出しながら、おなじようにいななないた。アイダはこの声を何か月もわすれず、どんなものだったか、言葉でいいあらわしてみようとつとめた。そしてようやく思いついたのは、オーケストラのはじまりで、フルートとオーボエがほかの音をしのいで高くなったりひくくなったりしてひびくときの、胸《むね》がおどるような調べにちかいということだった。

馬は一頭残《のこ》らず、おなじようにおごそかに羽をあげ、草をふむひづめの音を早めて、進んできた。そして鼻の穴の大きくひらいた鼻先を、ピンのほうにさしだした。ピンが一頭ずつ順《じゅん》にかれの名まえをつぶやいてやると、馬のほうもおなじような言葉で返事《へんじ》をした。

このあと、馬の群れは子どもたちみんなを仲間《なかま》にしてくれた。子どもたちが手でさわっても逃げなかった。そして羽の下をそっとかんだりしていた。たてがみとしっぽはとてつもなく長く、耳はハツカネズミのひげのようにひくひくうごいていた。

闇がうすらぎ、ほんのりと明るくなってきた。子どもたちはおたがいの顔を見あったが、まるで他人《たにん》の顔を見ているような気がした。ピンはせんとうの馬の首に頭をもたせかけていたが、黒いたてがみが顔のまわりにふりかかり、うれしくてたまらなく、白い歯を出してほほえんでいるので、まるで魔法使いの少女のように見えた。オスカーは、ありえないことをいまや信《しん》じきっているやせた予言者のように見えた。かれはほとんど泣《な》きだしそうであった。アイダの灰色の目は、ひとみが生き生きとひろがって、黒くなっていた。この子はいま、地面に寝そべった羽のある子馬の足のあいだで、からだをまるめていた。馬小屋で子馬と友だちになったネコのように見えた。じゃこうのような馬のにおいが、子どもたちみんなをつつんでいた。子馬のにおいは、子犬のようにわかわかしかった。

幸せな気持ちにつつまれていたこの瞬間に、遠くのほうで、長い夜のしずけさをやぶって、火事のサイレンが鳴りひびいた。高くなりひくくなり、遠くなりちかくなり、おそろしいふるえ声をあげて、そのサイレンは夢の世界をひきさいた。

と、馬の群れは子どもたちから身をそらした。そして速足でかけるやいなや、風が巻《ま》きあがるほどにはげしく羽を打ち、飛び立っていった。空中にうかぶと、その羽音は遠くに消えていく急行列車の音のようにひびいた——それはまさしく、子どもたちがグリーン・ノウの家のベッドで、なんども聞いた音だった。

アイダは、子馬が長い四本の足を、蚊《か》のようにぶらさげて飛んでいったような気がした。しかし子どもたちは、だれひとり、口をきこうという気になれなかった。

かれらは家に帰ってベッドについた。そしていつもの朝食の時間、アイダが目をさまして手足を大きくのばし、それからふたたびぐったりとからだの力をぬいてから、はじめて口をきいたのだった。

「ピン！　ゆうべのリンゴはどうした？」

ピンはベッドの上にすわり、切れ長の目を金色にかがやかせてこたえた。

「馬が食べたよ」

アイダはほほえんだ。「あたしのもよ」

オスカーはまくらをかかえたままいった。

「ぼくのもだ」

これでもう、なにもいう必要《ひつよう》はなかった。ただ、みんなが服を着ると、ピンは地図のそばにひざをつき、筆《ふで》を手にして、トブウマノシマという意味をきれいな中国の字で書きこんだ。

朝食のあと、シビラ・バンがいった。

「あなたたち子どもは、ゆうべの火事のサイレンに気がつかなかったでしょ？ あたしはびっくりしちゃったのよ。ようすを見るために、ベッドからとびおきたわ」

子どもたちの目はみんなシビラのほうをむき、くぎづけになった。

「なにか、見えました？」ピンがおそるおそるきいた。

「いいえ。でも牛乳配達《ぎゅうにゅうはいたつ》の話だと、どこかの干《ほ》し草《くさ》の山が燃えただけだそうよ」

飛馬島

8　巨人の草の実

ビギン博士《はかせ》は、オールド・ハリーという人から手紙をうけとっていた。この人は、子どもたちもすでに話を聞いて知っていたのだが、アビシニア（エチオピア）で発掘《はっくつ》をしたときの、博士のいちばんの相棒《あいぼう》だった。そしてこの発掘で、巨人《きょじん》が使っていたと思われる道具や、きみょうな骨《ほね》を発見したのである。オールド・ハリーは、博士に、グリーン・ノウで発掘委員会をひらき、あなたとわたしとで研究発表をしたい、といってきていた。さらにかれは、あなたのお望みどおり、話題の植物、アビシニア種《しゅ》巨頭パラドゥルラの見本を別便《べつびん》でお送りできることになって、たいへんうれしいと書いていた。

「それがいま、ついたのよ」

ビギン博士は小包《こづつ》みをとりあげ、ゆすってみせながらいった。それからこんどは、シビラ・バンにむかって、話しつづけた。

「ねえ、シビラ、これに実がはいってるんだけど、オールド・ハリーはこれが巨人たちの主食だったと考えてるのよ。たぶんオートミールのようにして食べたのね。どっさりとよ、もちろん。でも毎日すこしずつオートミールにしてアイダに食べさせ、そのまえとあとに背《せ》たけを計ってどれだけ効果《こうか》があるかしらべることができるわね」

シビラの返事《へんじ》は身もふたもないものだった。

「オスカーに食べさせたほうがいいんじゃない？　それでなくてもオスカーはどんどん大きくなってるんですからね。ずっとおもしろい結果《けっか》がえられるわよ」

ビギン博士はふんぜんとした。

「シビラ、あんたは科学的調査《かがくてきちょうさ》というものをぜんぜん知らないのね。わたしが特《とく》にアイダをえらんだのはね、この子が大きくなっていないからなんですよ。ひとつには、もしこれでアイダが大きくなれば、わたしたちの研究はたいそうりっぱな証拠《しょうこ》をえたことになる。もうひとつは、アイダはひどく小がらな子だから、この子で実験《じっけん》しても害《がい》にはならない。むしろこの子のためになるのよ。ところがオスカーだったら、とんでもない結果になるかもしれない。ぐんぐん背がのびて、夏休みがおわらないうちに巨人になってしまうかもしれませんからね」

子どもたちには、これがビギン博士のじょうだんなのか、そうでないのか、よくわからなかった。だがとにかく、つい笑《わら》いだしてしまった。ピンは目の上に手をかざして、オスカーの顔が天までのぼってしまったかのように、空のほうを見上げてみせた。

こんどはミス・シビラがすこしばかり腹《はら》を立てた。気をとりなおすために、コーヒー・ポットのふたをとり、目をとじてにおいをすいこんだ。それから逆襲《ぎゃくしゅう》しだした。

「そうね。それじゃあオスカーには、ほんとうのおいしいオートミールをつくってあげられるわけね」

ミス・シビラはネックレスが音をたてるほど肩《かた》をゆすって、つけくわえた。

「オグリュー族が料理《りょうり》じょうずだったとは、考えられませんものね」

「かれらが仙人《せんにん》のようにかすみをたべて生きてたはずはないわよ。でもかれらの調理法《ちょうりほう》がぜんぜんわからないことはたしかね。部分的に想像《そうぞう》がつくだけです。けど、かれらが食べてたような大きな鉄のくしにさした焼《や》き肉《にく》なんて、いまではいちばん高いレストランでなくちゃ食べられないんじゃない？　しかもそれさえ、ガスで焼いてるんでしょ？　杉《すぎ》の木を焼いたすばらしいにおいは、ぜんぜんないのよ。ガスで焼くなんて！　おお、いやだ！　それにわたしたち、星空の下で焼いた子ヤギなんかも、食べたことないわねえ」

「それ、星のおかげでおいしくなるんですか？」とピンがまじめくさってきいた。

「え？　ええ、そりゃあぜったいそうだと思うわ。でも心配することないわよ、シビラ。現代《げんだい》のみじめな代用品料理を、あなた以上《いじょう》にじょうずにできる人はイギリスじゅうさがしてもいないんですからね。それに、オールド・ハリーがここで委員会をひらこうというのも、けっきょくは、あなたの料理が重要《じゅうよう》なお目あてなのよ」

ミス・シビラはきげんをなおした。それじゃあそのときには、サケのくん製《せい》を出し、チキンと牛の足肉を出し、デザートにはクレープ・シュゼットと、メロンにジンジャー・シャーベットをそえて出したげましょう、そしてそれから……。

モード・ビギン博士は、子どもたちにあけっぴろげに目くばせしながらいった。

「もし、アビシニア種巨頭パラドゥルラを入れた豆《まめ》ぞうすいをつくってくれたら、いいんだけど。みなさんよろこばれると思うわ」

ミス・シビラは顔をまっ赤にした。

「そんなものはつくりませんよ、モード。あんたのなさけない草の実でしてあげられるのはね、せいぜいアイダのためのおかゆを煮《に》ることくらいです。そんなものはね、薬であって、おいしい食べものじゃありません。おいしい食べものはね、芸術《げいじゅつ》なんですよ」

朝食のあと、しかつめらしく、アイダの身長が測定《そくてい》された。背のびしてごまかしたりできないように、床《ゆか》の上に寝《ね》かせてはかったのだ。それがすむと、子どもたちは自由だった。

9　ネズミになったオスカー

子どもたちは、羽のある馬と楽しく遊んだため、もうとうぶんは新しい興奮《こうふん》の必要《ひつよう》がないような気がした。それにこの秘密《ひみつ》の思い出をあたため、くだらない遊びの客たちにそれをうばわれたり台なしにされたりしないために、きょうは川に出かけないことにきめた。かわりに、堀《ほり》をこえて、グリーン・ノウの所有地である果樹園《かじゅえん》で一日をすごすのだ。シビラ・バンは、かれらがお昼ごはんに帰らないことをゆるしてくれ、ピクニックかごに弁当《べんとう》をつめてくれた。それというのも、シビラは委員会の昼食パーティーの準備《じゅんび》をするため、買いものに出かけたかったからである。

果樹園はぜんたいがひとつの島になっており、中国の絵にあるようなぐらぐらする小さな橋でグリーン・ノウの庭とつながっていた。荒《あ》れほうだいな果樹園で、木は年をとり、かたむいていた。木の下の草は、刈《か》られたこともないものだから、羽ぶとんのようにやわらかくふわふわしていた。果樹園のまわりはハシバミとサンザシの生垣《いけがき》でぎっしりとりかこまれ、川から中を見ることはぜんぜんできなかった。

空には雲ひとつなく、太陽はじりじりと照《て》りつけ、鳥も人間もしずまりかえっていた。川をのぼるかいの音はギーギー鳴っていたが、ボートの中の人はだまりこくり、ふかぶかとすわりこんで、エネルギーをたくわえていた。

三人の子どもたちは草の中に寝《ね》そべり、そこで起こるいろんな事がらを観察《かんさつ》していた。茎《くき》がからみあってできた日かげには、暑いものだから、あらゆる生きものが出てきていた。アリ、カブトムシ、クモ、バッタ、チョウチョウ、ミツバチ、毛虫などが、都会の住人のように、ごちゃごちゃといそがしそうにうごいていた。毛虫の中には、あんまりばかなものだから、見ていて腹《はら》の立つようなのもいた。だがクモやミツバチは、じぶんがなにをしているのかちゃんとよく知っていて、じょうずに行動していた。チョウチョウと、オットセイの毛皮を着たような大きなマルハナバチは、ただ楽しむことにむちゅうになっていた。じぶんでもそうと知っているようだった。そして鳥がみんなの上を飛《と》びまわり、地上をにらんで、いちばんふとったえさをかすめとっていた。子どもたちがおしつぶしてつくったベッドのまわりには、草が高くのびていた。

顔のすぐそばに生えている茎を見ながら、オスカーがいった。

「ここに小さな道ができてるよ。まるでネズミの通路のようだ。いや、ほんとうにそうだ。いま一ぴき歩いてるよ。これはネズミの散歩道《さんぽみち》で、巣《す》までつづいてるんだ。茎をのぼって、はいっていったよ」

子どもたちはみんなそちらを見た。草むらの中に巣をつくるカヤネズミだ。そのカヤネズミは、子どもたちを、まるで子牛や子馬がいるときとおなじように、ほとんど気にかけていないようだった。巣は三本の大きな野生の大麦の茎を柱にしてできていた。それはテニスボールにもたりないくらいの大きさで、ネズミ自身はといえば、マルハナバチといくらもちがわないくらい小さかった。そして全身が頭としっぽと手足とだけでできているみたいで、感嘆《かんたん》するほどきれいだった。このネズミはいま、妻《つま》ネズミのためにえさをあつめているようだった。妻ネズミはときどき入り口から顔を出して、夫《おっと》を待っていた。巣の中にはいると、二ひきがはさみの音ほどの小さな声で、チューチュー話しあっているのが聞こえた。

「ねえ、だれがいちばんじょうずにネズミの巣をつくるか、競争《きょうそう》してみましょうよ」

しばらく見つめていたあとで、アイダがいった。

子どもたちはみんなその仕事にとりかかった。アイダは学校でかごつくりを習ったことがあった。だがそれでも、この仕事はやっぱりむずかしく、めんどうで、手間のかかる仕事であることがわかった。背《せ》の高い茎を三本結びあわせて土台の柱をつくり、ゆで卵用《たまごよう》のカップの形の骨組《ほねぐ》みをこしらえるまでは、三人にもできないことではなかった。だが巣のなかば上のあたりに入り口用の穴《あな》をつくったり、屋根をふいたりする段《だん》になると、だれもがお手上げだった。かれらのつくったへんてこなものが巣のつもりだったとは、どんなカヤネズミでも思いつかなかったにちがいない。ピンのは、はばのひろいじょうぶなみどりの草でできていたが、牛が口から吐《は》いてすてた食べかすのようだった。アイダのはわらでできていたが、人形のせんたくかごのようにかたくとげとげしていた。それに、ミヤマガラスがはいれるくらい大きかった。

オスカーはむちゅうになって、ひたいにしわをよせ、長い指をたくみに使ってきれいな枯《か》れ草《くさ》をいじくっていたが、やっぱりだめだった。かれはいった。

「ぼくの手は大きすぎるよ。それに、とにかく、あいつらは中からつくるんだからな」

アイダも音《ね》をあげた。

「サンドイッチを食べましょうよ。それからあとで、木にのぼりましょう」

アイダとピンはピクニックかごをひらきはじめたが、オスカーはがんこな性質《せいしつ》をむきだしにして、巣づくりをやめようとしなかった。かれはいった。

「ぼくはちゃんとつくるよ。中側《なかがわ》からね」

ピンとアイダは笑った。

「じゃあ、クマでもはいれるくらい大きいのになるよ」

オスカーは知らん顔だった。かれは草をちぎっては大きな束《たば》にして、まわりにつみかさねはじめ、ついに姿《すがた》が見えなくなってしまった。それからかれは、犬がうまく寝そべろうとして苦《く》労《ろう》するときのように、中側でぐるぐるうごきまわった。

ほかのふたりは弁当を出してならべ、ホームメイドのレモネードをストローでおいしそうにのんでいた。味をいっそう楽しむため、目もとじていた。ふたたび目をあけ、きょろきょろしてオスカーを見たとき、草の束はかれのまわりでぎっしりしめつけられ、大きなボールのようにまるくかためられていた。そして両手で出入り口の穴をつくっていたが、その内側からかれの顔がのぞいているのが見えた。

ピンがいった。

「オスカーが小さく見えるよ。あの穴が、望遠鏡《ぼうえんきょう》を逆《ぎゃく》に見るときのようなはたらきをしてるんじゃないかしら」

巣の内側で、オスカーはますます、まわりをしめつけていたが、その目はたいそう大きくひらいてかがやき、鼻はするどくとがって見えた。

「オスカー、サンドイッチを食べない？　おいしいわよ。それにメロンもあるの」

「まだだ」

オスカーの声は内側からかすかに聞こえてきた。かれは、むちゅうになって、うめき声をあげながら、ザワザワ音のする草のボールの中をぐるぐるまわっていた。しだいに、ボールがひきしまり、中がせまくなっていった。

ピンとアイダは、オスカーの分をのけておいて、食べた。メロンはこのうえなくおいしかった。そしてかれらがすくってすてた種《たね》が日に照らされてかわくと、うれしいことに、カヤネズミが出てきていくつか持っていった。見ていると、二ひきのネズミは巣の入り口にすわり、メロンの種を両手に持って、ひげをふりうごかしながら食べていた。

「オスカー！　出てきて見てごらん。オスカー！」

返事《へんじ》はなかった。

「だまって！　かれのじゃまをしないほうがいいよ。オスカーは本気になってやってるんだ」

とピンがいった。

草のボールは、オスカーが中にはいっているとは思えないくらいにかたくしまっていた。しかもボールはますます小さくなっていた。

たいそう暑い午後だった。昼寝の時間がはじまっていた。鳥は姿を消し、チョウチョウは攻《こう》撃《げき》を心配することもなく、羽をひろげてやすんでいた。カヤネズミもねむっていた。もっと小さな生きものたちは、木の葉の下をはっていた。アイダとピンもねむくなった。小さなものを長いあいだじっと見ていると、ねむくなるものだ。ふたりは草の中であおむけになり、うとうとした。

ふいに、アイダはハッとして目をさました。赤っぽい色をしたネコが草の中にすわり、目をこらして、かすかに地面にゆれている小さな草のボールをにらんでいた。一瞬《いっしゅん》、アイダの心《しん》臓《ぞう》は止まってしまった。が、すぐに、アイダは精《せい》いっぱいトラのような声をあげ、水筒《すいとう》をネコになげつけた。ネコはとびのいた。アイダとピンは手あたりしだいに棒《ぼう》や石をもって、追いかけた。

ふたりがひきかえしてくると、オスカーは巣のそばに立っていた。ぜったいにまちがいなくオスカーだった――五センチの背たけの……。かれの小さな声が下から聞こえてきた。へんなことになったなどとは、思ってもいないようだった。

「巣はうまくできあがったよ。内側はすてきなできばえだ。ただ、茎の上にこういうのをつくるにはどうすればいいかを、知らなかっただけだ。が、もうわかったよ。ほんとうはぜんぜんやさしいんだ。だからこんどは、ネズミのとなりにもうひとつつくるよ。きみの大きな足をのけてくれ、ピン」

「オスカーをふみつけないように気をつけてよ」とアイダがピンにいった。「あの子、かわいいじゃない？」

「ばかなことをいわないでくれよ！」とオスカーはいった。かれはあきらかに大声でさけんでいたが、それはこのうえなく小さな声だった。

アイダとピンは、オスカーがはたらくところを見ていた。じゃまものがあると、うまくよけたり、くふうしておしのけたりするさまは、草の中にすむほかの生きものとそっくりだった。オスカーにとって、アリは犬ほどの大きさであり、バッタはカンガルーのようであった。まもなくかれは、武器《ぶき》にするためにマッチほどの大きさの棒をひろった。そしてクワガタとむきあうと、まるで牛とたたかうときのように、猛然《もうぜん》となぐりつけた。クワガタはこそこそと逃《に》げていった。オスカーはなんどもよじのぼったりはいつくばったりしたのち、ようやくネズミの通路に出た。そこに出ると、歩くのは楽になった。

ピンとアイダは四つんばいになり、むちゅうになって見ていた。ピンの顔は、黄金色の月のように見え、このうえなく幸せそうだった。だがアイダの顔は、だいじな主人がいったいなにをしようとしているかよくわからなくてこまっているフォックステリヤのようだった。

オスカーは草の茎の下に立って、じゅうぶんじょうぶかどうか、ゆすってためしていた。そしてよい茎を三本えらぶと、ふたつめの巣をつくりはじめた。かれが苦労して行ったりきたりしなくてもいいように、ピンとアイダは巨大《きょだい》な腕《うで》をのばし、きれいな枯れ草をひろってはオスカーにわたしてやった。せいぜいネズミの手くらいの大きさだが、やはりオスカーのだとはっきりわかるピンク色の手が、穴から出ては、さしだされた枯れ草をうけとった。ときにはそれをしりぞけて、もっとやわらかいのをくれということもあった。ついには、コケをくれというようになった。いまや、ふたつめの巣ができあがり、三本の柱の上にゆれていた。すぐとなりの家のカヤネズミは、鼻をぴくぴくさせながら、不安《ふあん》そうな顔をしてのぞいていた。かれらはどうみても、おとなりさんなどいないほうがいいという顔つきだった。

オスカーは戸口から顔を出し、小さな白い歯をのぞかせて笑《わら》った。

「ひとはたらきしたので腹がへったよ。お弁当になにがある?」

アイダはきみょうな気分になった。そして、卵とサラダのサンドイッチのはしをちぎり、野バラの葉にのせてさしだしながら、こういうのだった。

「オスカー！　どうかぴくぴくうごくひげをはやさないでね！　ピン、オスカーはレモネードをびんからはのめないわよ――そんなことしたら、口から中におっこちて、おぼれてしまうかもしれないわ」

「ぼく、ポケットにどんぐりの皿を持ってる。それについでやってよ」

オスカーはネズミほどの手でそれをうけとった。まるで大きなどんぶりからのんでいるようなかっこうだった。しかしとにかく、かれはとてものどがかわいていたのだ。

オスカーはいった。

「このコケの中にいると、どんなにすずしくて気持ちいいか、きみたちにはわからないだろうな。ぼくはからだをまるめて、ひとねいりしなくちゃあ。とんでもなく骨が折《お》れたものな」

オスカーの頭が巣の中にひっこみ、ピンとアイダは外にとり残《のこ》された。

アイダがいった。

「あたしたち、すわって見はりをしてなくちゃあね。あのネコがいるんですもの。つぎはどういうことになると思う、ピン？」

「わからない！　そのことも考えておけばよかった」

「これから、考えられる？」

「さあ。オスカーがしていることはわかるような気がする。オスカーの気持ちもね。でもぼく、じぶんがどうしたらいいか、わからないよ」

「あたしも、ぜんぜんよ。あたし、あのいやらしいネコのことがこわいわ。それに、カブトムシは血を吸《す》うんじゃないかしら。あ、ピン！　オスカーの巣の茎を毛虫がよじのぼってるわ。オスカーくらいの大きさよ。あのぶくぶくした足がからだの上を歩いていくなんて、思うだけでもたまらないわ」

ピンは毛虫をつまみあげた。と、すぐに、毛虫はピンの手のひらの中でちぢこまって輪《わ》になった。

「こういうのに出あったらね、オスカーはやわらかい下側をひとつきしてやればいいんだ。そうすると、ハリネズミみたいにちぢこまっちまうんだよ」

「ハリネズミは、カヤネズミを食べないんでしょうね？」

「あいつらはカブトムシを食べるんだと思うよ。でも、もしなにかのひょうしに、ハリネズミがからだの上をころげまわったら、たまらないだろうな」

ふたりは心配し、とほうにくれながら、すわっていた。だがしばらくすると、たいくつになってきた。

ピンがいった。

「もう目をさましてくれるといいな。オスカーが大通りを歩くところを見たいよ」

「だめよ。ひき殺《ころ》されちゃうわ。それに、歩くのだってたいそうおそいのよ。毛虫を連《つ》れて散歩するようなものだわ」

だが、やがて、オスカーが巣から顔を出して、いった。

「また腹がへったよ。なにがある？」

「アップル・パイ、メロン、チョコレート」

「ぼく、おみやげを持って、おとなりさんを訪問《ほうもん》しようと思うよ。アイダ、パイをひと切れちぎって、ぼくがおとなりさんの入り口まで行ったときわたしてくれ」

オスカーはかれの巣の茎をおり、カヤネズミの巣によじのぼりはじめた。その重みで茎がゆれるので、ネズミたちは驚《おどろ》いて外を見た。オスカーが巣のそばにさしかかると、アイダは大きな指でパイのかけらをわたしてやった。オスカーはそれを胸《むね》にかかえると、中にはいっていった。

中ではキーキーいう鳴き声と大さわぎがおこり、巣がぐらぐらゆれた。が、しばらくすると、しんとしずまりかえった。

「ピン、ネズミはネズミのお客さんにかみつくと思う？　ひどくしずかね」

だがアイダはほっと胸をなでおろした。オスカーの頭があらわれたのだ。

「カヤネズミって、いい連中《れんちゅう》だよ。子馬みたいに、ぼくの手のひらから食べたんだ。目は手《て》鏡《かがみ》みたいに大きく、あのくすぐったいひげは巣のはしからはしまでとどくんだ。だからアンテナでいっぱいのへやの中にいるようなもんだよ。うしろにさがるとき、それにひっかからないように注意しなくちゃならない。けど、ぼくはポケットのくしでネズミたちの上着をすいてやったよ。連中、大よろこびだった。あおむけに寝ころんで、おなかもすいてくれっていうんだ」

じっさい、オスカーは新しい世界を発見してすっかりうれしくなり、おやつのために帰る時間になっても、出てこようとしなかった。

「行っちゃってもいいよ。そしてぼくがどこへ行ったか、わからないといえばいいよ。ここはすばらしく気持ちいいんだ。ぼくはここにずっといることにするよ。また森を探検《たんけん》し、アルマジロのようなワラジムシや、ワニのようなハサミムシを見てみたいんだ。それに、ここだと月の光の下で寝られるんだよ」

「そうだね」とピンがいった。「ぼくはじぶんが、こんなに大きいのがばかみたいな気がするよ。でも夜になると、しゃれこうべのような蛾《が》の顔が巣の戸口からのぞきこむかもしれないな」

「オスカー、」とアイダがいった。「あんたが出てこなきゃ、あたしはここをうごかないわよ、ぜったいに。あたしのほうが大きいんだから、あたしのいうことをきかなくちゃだめよ。草の中にはいったら、まよっちゃうかもしれないわ。あたしたちがふんづけちゃうかもしれない——あなたをさがしててね。それともネコがつかまえ、巣に持ち帰って、おもちゃにしながら殺してしまうかもしれない。それともフクロウが食べちまうかもしれない——骨だけ吐き出してね。あたしといっしょに帰るのよ。そうでないと、あんたをつかまえるわよ」

「きみなんか行っちまうといい。鬼婆《おにばば》みたいな口をきいてるよ」

「ぼくと行こう」とピンがいった。「ここにまた連れてきてあげるって、やくそくするよ。きみは巣の中で寝ればいい。ただ、ぼくたちが見はりをしてなくちゃだめなんだ」

「なんでもないことに、まったく大さわぎをするんだな」

オスカーはそういいながらも、ピンの手にのりうつった。ピンは手のひらの上の小人をかわいくてしようがないというように見つめながら、いった。

「それに、グリーン・ノウの家がどんなにすばらしく見えるか、考えてごらん。どんな大寺院《だいじいん》だって、きみの見るグリーン・ノウほど大きく見えたことはないよ。今までの寺院は、考えられるいちばん大きなのだって、尖塔《せんとう》までひっくるめて、テーブルの下にはいっちまうくらいだよ」

アイダはみじめな気持ちだった。ピンがオスカーを手に入れたし、じぶんはまるでおとなの女の人のようにがみがみ文句《もんく》をいったからだ。家にちかづくと、ピンはオスカーをポケットに入れた。そしてかれらは、おやつのために手をあらいに行った。洗面台《せんめんだい》のそばにならんで立ったとき、アイダはもうたえられなくなった。

「ピン、おねがいだから、オスカーをあたしのポケットに入れさせて」

ピンはやさしくオスカーを取り出した。そしてガラスだなの上にのせながら、いった。

「オスカーはね、やたらと足でけるよ」

オスカーはキーキー声でうるさくわめきたてた。

「ぼくの足は、きみのポケット・ナイフのおかげで折れそうだったんだぞ。それにどうしてきみは、化石や貝がらなんかをポケットにいっぱい入れてるんだい。ぼくはあやうくおしつぶされそうだったよ」

「あたしのにはなにもはいってないわ。それに、縫《ぬ》いつけポケットなの。だからふちにしがみついて、外を見ることもできるわ。シビラおばさんがあなたを見て、どうしても信《しん》じられない

んで、目を白黒するところが見たいわ」

「ぼくはあの巣に帰りたいよ。こんなのはもううんざりだ。ぼくはだれのポケットにもはいらないぞ。下におろしてくれ、ピン。ぼくはネズミの通路をとおって屋根裏《やねうら》べやへ行くよ。なにか食べものを持ってきてくれ」

ピンはオスカーを床《ゆか》におろしてやった。そしてかれとアイダは、オスカーが風呂《ふろ》おけのわきをまわり、床をとおっているパイプの口の穴まで行くのを見まもっていた。

オスカーがからだをかがめ、穴の中にはいっていくと、アイダがいった。

「たくさん音をたてるようにしてね——あなたのいる場所が聞こえるように。やくそくよ！」

床板のはしをつかんでいる小さな指にむかってアイダは大声でうるさくいったが、オスカーはすっかり見えなくなってしまった。アイダへのこたえは、オスカーが鉛《なまり》のパイプをすべりおりるときのかすかなボタンの音だけだった。

暑いので、おやつは庭でいただくことになった。これはアイダにとって打撃《だげき》だった。羽目板の裏のオスカーの進みぐあいが聞こえなくなるのだ。アイダはうそをつくのはいやだった。しかしだれも信じないことは、話してもむだだ。そこでおやつのためにすわると、いっしょうけんめい考えて、注意深くいった。

「オスカーが、きょうはおやつに出なくてごめんなさい、ですって。あの子、屋根やさんに出会ったんです。そして、どうやって屋根をふくのか、教えてもらったんです。とてもじょうずだったわ。そして、その屋根やさんとおやつを食べることにしたんです」

「おやまあ！　きょうはごちそうにエクレアをつくってあげたのに。その屋根やって、どんな人？　ジプシーじゃないでしょうね」

「わたし、知ってますよ」とビギン博士《はかせ》がいった。「品のいい人です。このまえ、いっしょに話したことがあります。あれはほかのどんな職業《しょくぎょう》より古くからある職業ですね。たぶんそうよ。壁《かべ》を編《あ》み枝《えだ》でつくったりしてね。旧石器時代《きゅうせっきじだい》の人間も、洞窟《どうくつ》のないところでは屋根をふいたにちがいないわ。その職業がいまでも残っているのは、おもしろいわね。あんたたちふたりがたいして興味《きょうみ》を持たずに帰ってきたなんて、そのほうが驚きだわね」

「そんなことないんです」とアイダはいった。「あたしたちもとてもおもしろかったんです。でもじょうずじゃなかったの」

「たぶん、アイダは背がひくすぎるのね。シビラ、あのおかゆをアイダにつくってやった？」

「あの実でね、ホットケーキをつくってあげましたよ、モード。子どもにはそのほうが口にあうでしょうからね」

アイダは、急に顔をかがやかせていった。

「モードおばさん！　それ、寝るときまでとっておいていい？　なにかで読んだんだけど、人間は寝てるあいだに大きくなるんですって。だからそのほうが効果《こうか》があると思うわ」

「あの実の実験《じっけん》をするのはあんたがはじめてなんだから、どんなふうに実験してみてもいいわけよ。ただ、かならず食べるってやくそくしなさい」

「はい、モードおばさん」

みんながおやつを食べているあいだに、地平線の両はしから急にもくもくと雲がそびえ立ち、たがいに相手の雲をおびやかした。空は青銅色《せいどういろ》になり、電気をおびてきた。一方から風が吹《ふ》くと、他方《たほう》からも吹き、あらしとあらしがぶつかりそうになった。木の葉ははげしくふるえ、めくれあがって裏側の白っぽい色を見せた。鳥は姿《すがた》をかくした――ツバメだけは、地面すれすれに8の字をえがきつづけていたが、その地面も日食のように暗くなった。と、最初《さいしょ》のいなびかりがむちのように空を打った。ミス・シビラがさけんだ。

「さあ、くるわ！　急いで、子どもたち。ケーキがぬれてしまわないうちに」

かれらは皿を持って家の中にかけこみ、食堂《しょくどう》で食べおわった。ほんとうのどしゃぶりがくるまえの重苦しいしずけさのために、だれもあまり口をきかなかった。ときどき天井裏《てんじょううら》で、ズルズル、ガタガタと、きみょうな音がした。アイダとピンには、どうもネズミだとは思えない音だった。だがミス・シビラは、上をむいていった。

「ネズミはいなびかりに驚いて家の中にはいってくるものなのかしら。こんなにそうぞうしいの、聞いたことがないわ。ネズミとりをしかけなくちゃ」

「だめよ！」

ミス・シビラとビギン博士は驚いてアイダを見つめた。

「あたし、ネズミがすきなの」アイダはへどもどしながらいった。「それに、ちがったものがかかっちまうかもしれないわ。たとえば……コマドリのような」

「さもなきゃ、チョウチョウとかね」とピンが助《たす》け舟《ぶね》を出した。

「おねがい、わなをしかけないでください、シビラおばさん」

「女の子はおセンチなものね」とビギン博士は、口にお菓子《かし》をいっぱいほおばりながらいった。

もうまっ暗になっていた。ミス・シビラは電灯《でんとう》をつけていたが、アイダとピンは屋根裏べやに上がっていった。そこだと、あらしのまっただなかで、三つの窓《まど》から外をながめ、川にいなびかりがうつるのを見ることもできるのだ。

「オスカーには見られないわね」とアイダがいった。

と、ちょうどそのとき、戸だなのうしろで、ガタガタと小さな音がした。同時にかみなりがピシャッと落ち、子どもたちはとびあがった。だが、ガラガラッ、ズシンという音がしずまると、またもや、聞こえるか聞こえないかくらいの、小さな音がした。まるでカヤネズミほどのフォックステリヤが、中に入れてもらいたくてひっかいているような音だ。ふたりは戸だなの戸をあけた。すると、オスカーがおかしなかっこうではいってきた。クモの巣だらけだ。

オスカーはいった。

「いやなものだよ、クモの巣ってのは。ねばねばして、しなやかで、とれやしないんだ。ハエになるのはごめんだな」

「いなびかりが見えた？」とピンがきいた。

「もちろん見えたよ、あらゆるすきまからね。床の下は、根太《ねだ》のあいだがろうかになってるんだ。いなびかりがするたびに、それがはてしなく長く、おばけでも出るように見えたよ。ときどきぼくは、崖《がけ》のように高い梁《はり》をよじのぼらなきゃならなかった。そうむずかしくはなかったよ。うす暗がりで手さぐりすると、腕や足の先をつっこめるような虫の穴がちゃんと見つかったからね。そこをよじのぼってるときにいなびかりがすると、ぼくはじぶんが高いところにしがみついていることがわかったよ。それはこわかったね。ネズミってのは、ずいぶんじょうずな登山家《とざんか》なんだな。ぼくは階段をあきらめて、ななめになってる水道管《すいどうかん》をよじのぼってきたよ。でも熱《あつ》い管《くだ》はやけに熱く、しかもそれがひえるときにはガンガン音をたてるんで、ぼくは馬からふり落とされるみたいに、おっことされそうになったよ。ぼくに見られなかったものって、なに？　きみはさっき、ぼくにはなにかが見られないわねって、さけんでたみたいだけど」

「さけんでなんかいやしなかったわよ。ただしゃべってただけ。あらしのことよ。きて、窓わくの上に立ってごらんなさい」

アイダはオスカーを持ちあげてやった。かれらはやっぱり、特別《とくべつ》の、わけへだてのない、三人の友だちだった。ただ友情《ゆうじょう》というのは、たいそうむずかしい、ぐらつきやすい感情なだけなのだ。

かれらは、いなびかりとかみなりの音とのあいだの時間の長さをかんじょうした。それはだんだんみじかくなり、ついにはふたつが同時におこった。窓わくがガタガタゆれた。それから、ものすごく雨がふってきて、ほかになにも見えなくなってしまった。

ピンは、やくそくをした相手がどんなに小さくても、やくそくはやくそくだと思った。

「オスカー、いまでもまだあの巣に帰りたい？　やくそくしたんだから、連れていってあげるよ。果樹園の中は、たしかにおもしろくてたまらないだろうな。リンゴが大砲《たいほう》のたまみたいにとんできて、木にはかみなりが落ちる、そして巣は大風にゆれるんだもの。でも巣の外のふたりはずぶぬれだろうな」

オスカーはおうように、あしたの朝早くまで待ってもいいといった。

「ぼくはまた腹がへったよ」

「あたし、野ネズミは二十分ごとになにか食べなきゃ死んでしまうって、読んだことあるわ」

アイダはオスカーに、じぶんの薬用のホットケーキをちぎって与《あた》えた。こうばしいかたパンの味がした。

雨は窓の上をザアザアあらい、滝《たき》のようにといを流れつづけた。かみなりは空の外側をひとめぐりし、いなびかりは何秒おきかにへやを明るくしたが、もうゴロゴロいう音とは関係《かんけい》ないようだった。

子どもたちはつかれていた。思ったよりもこんがらがった状態《じょうたい》になってしまったのだ。これまでの冒険《ぼうけん》では、オスカーがこんなことになるような、こまった問題はおこらなかった。あらしはみんなのエネルギーを吸いとり、あらい流してしまった。

アイダはオスカーのまくらをたたいてへこませ、そこにオスカーを寝かすと、ひと晩《ばん》じゅうもつだけのホットケーキをそばにおいてやった。ピンがいった。

「オスカーで人形遊びをするんじゃないよ。ひどいよ、それは」

「人形遊びなんかしてないわ」

「してるさ。まるでシビラおばさんみたいにばかげてるよ」とオスカーがいった。「ぼくはもう、きみのでっかい手にうんざりしたよ」

これは、かれらがそれまでにした、いちばんなさけない、けんかじみたいいあいだった。三人はベッドの中で、三人とも腹を立て、さびしい思いだった。雨はふりそそぎ、はげしく屋根をたたいていた。

アイダはいやな夢《ゆめ》を見た。オスカーの巣から、大きなスズメバチが、いやらしい満腹《まんぷく》したような三角形の頭をして、はい出してきたのだ。それから、いなびかりが光るたびに、ネコのつめがぎらぎらとかがやきながらおそいかかるように見えた。アイダは苦労してシーツをおしのけ、すわりなおした。ピンがベッドの中で寝がえりをうつ音が聞こえたが、オスカーはしずまりかえっていた。アイダは手さぐりでスイッチをさがし、ランプをつけた。オスカーはベッドに寝ていた——両手を頭の下におき、長いすねでまんなかへんに山をつくり、また足の先でベッドのはしの毛布《もうふ》を持ち上げて。かれは大きな灰色《はいいろ》の目をアイダのほうにむけて、にっこり笑った。

「ぼくもね、ちょうど目がさめたところだよ」とかれはいった。「でもへんな夢だったな。ところどころ、すばらしかったけど。でもけっきょく、いやになっちまった。それで、その夢を見ることをやめにしたんだ。まだ起きないことにしようよ。ぼくはまだ何時間も寝られそうなんだ」

アイダはふだんのとおりにもどった楽しいオスカーを見つめた。

「足の先をうごかしてみて、オスカー」

「ばかな！　どうして？」かれはつま先をうごかしながら、いった。

「ちょっとたしかめたかっただけなの」

アイダは大きなため息をついてあかりを消すと、むきをかえ、夢のない深いねむりに落ちこんでいった。

10　風車小屋の下

朝までに、雨はすっかりふりつくし、川には水がみちて、土手の外にあふれていた。子どもたちは、川にいちばんのりし、おおぜいの人がくる前に遠くまで行ってしまおうというので、朝食がすむとすぐにかけだした。ミス・シビラはまた弁当《べんとう》をつくってくれた。委員会がくるのを歓迎《かんげい》するためのごちそう計画で頭がいっぱいで、気がてんとうしていたのだ。それでこの日はゆっくりと外に出ていられ、子どもたちは遠くまで行けるはずだった。

ボート小屋についてみると、わたり板は水にしずみ、カヌーはつなぎ綱《づな》がみじかすぎたため、へ、さ、きに水をかぶっていた。

風のある日は、水面に、マッシュポテトの上にフォークをX《エックス》字形に走らせたような、小さなピラミッドを縦横《たてよこ》にならべた形の、波がたつものである。子どもたちは、小さな風が出てもカヌーをあやつるのがむずかしくなることを、すでに知っていた。しかしきょうは、風がぜんぜん出ていない。だから水面は、ちょうど沸騰《ふっとう》がおわったところのように思えた。だがその実、水はおわんをふせたような波をたて、いきおいよく、ワルツでもおどるように流れていた。そしてふだんはなにもしないでぶらぶらしている草が、きょうは流れとの綱引きに負け、ななめにゆらいでいた。

ところが子どもたちには、これが危険《きけん》の知らせだということを知るだけの、経験《けいけん》はまだなかった。ほかにボートが出ていないのは、じぶんたちがうまいこと早くきたからだと考えていた。かれらはカヌーのへりをおさえ、水をふきとりながら、あまり強く流れにひかれるものだから、おもしろがって笑《わら》った。それから乗りこんで、おしだした。カヌーは、横むきになってくだっていった。子どもたちは、気持ちよいスピード感に大よろこびだった。最初《さいしょ》の水門につけば、カヌーはいったん安全に止まると考えていたのだ。かれらは、骨折《ほねお》って、カヌーを正しくまっすぐにむけるようにした。アイダは冒険《ぼうけん》のことを考えるとうれしくなって、「ものすごい急流をくだることになるかもしれないわ」といった。もっとも、かれらは、ほんとうに急流が流れ出ているダムからは、遠くはなれたところを進んだ。川の本流をできるだけ遠くまでくだろうと思っていたのだ。

水門が見えるところまできたとき、上下両方の門がひらき、たまった水がまっすぐ矢のようにとおりすぎているのを見て、子どもたちはびっくりした。しかし、じぶんたちもそこを矢のようにとおりすぎるよりほかなかった。カヌーがむこう側《がわ》の水にはげしくぶちあたったときは、息も止まる思いだった。カヌーはふるえ、その下を、穴《あな》でもあけんばかりのいきおいで、水がたたきつけた。カヌーはとびあがり、横ざまにぐるぐるまわったが、はずみがついていたので、どうやらそこをのりこえた。と、ぶじだったことに気づくまもなく、子どもたちはもう下の流れをいきおいよく流れくだっていた。

アイダがいった。

「わあ、おもしろい！　あたしたち、サケよりも早く進んでるにちがいないわ。こんなにたくさんの水が空からふってきたなんて、考えられないくらい。でもお昼すぎまでにみんな海に流れてしまって、あたしたちが帰ってくるころには、川はもとどおりになっていると思うわ」

アイダは空にある水の量《りょう》をすくなく考えすぎていた。どしゃぶりのあと、水源地《すいげんち》にちかい高地の水が流れこむにつれて、何時間ものあいだ、川は水かさをましつづけていた。アイダはまた、洪水《こうずい》をさけるために、海までのすべての水門があけはなたれ、水を流していることに気がつかなかった。陽気に笑いながら、三人の仲間は貝がらのような小舟《こぶね》にのって、急なスピードで走っていった。

まもなく、かれらは「世すて人島」が陰《かげ》になっている島のまえを、とおりすぎた。かれらは戸口でさかなをつっている人のことを思った。それから「フクロウの宮殿島《きゅうでんじま》」をとおりすぎ、いままで探検《たんけん》したいちばん遠くのところをとおりこして、さらに走った。そのあいだに、川はますますひろく両側にひろがっていった。いつも土手でさかなつりをしている人が、きょうはひとりもいなかった。土手そのものが消えてしまっているのだ。もしつりをしていたら、野原でつっているように見えたことだろう。おなじような理由で、歩いている人や、はたらいている人も、ひとりもいなかった。白鳥や、野ガモや、アオサギが、風景《ふうけい》をひとりじめにしていた。流れのいちばん早いところを、子どもたちは進んでいた。もう太陽が出てぎらぎらと照《て》りつけ、カヌーのわきにさわると、手もひざも焼《や》けるようだった。かれらはつぎつぎと水門を通過《つうか》した。小さな村のそばをとおったときには、モーター・ボートがまえとあとに綱をつけて岸に止められているのが見えた。

一そうのモーター・ボートの船室から、女の人がひょいと顔を出して、さけんだ。

「あんたたち、だいじょうぶなの？」

「だいじょうぶさ、もちろん」

かれらは手をふりながら、こたえた。

こんどは男の人がさけんだ。

「橋に気をつけろよ！　いいか！」
と、返事《へんじ》をするまもなく、カヌーは水面とすれすれにかかっている石橋の下をとおりすぎた。子どもたちは、あやうく、あおむけにからだをたおした。かれらの顔のすぐ上を、水につかった色をしてきらきらかがやいている石橋がとおりすぎた。石の肌《はだ》や、さけめや、コケなどが、いやでも目にはいった。そしてつめたい、ひそやかなにおいがした――夏の暑い日には気持ちいいにおいでもある。橋のむこうは、陸《りく》がまっ平らではなくなっていた。ところどころに森があった。

かれらは、家が一けんも建《た》っていないところをどんどん進んだ。そのうちに、まんまんとあふれている水のむこうの、前方の小高い丘《おか》の上に、さびれた風車が建っているのが見えた。川は、ふだんだと、そのまえで直角にまがっている。

アイダがいった。

「あたし、カヌーのむきをまっすぐにしておくことにむちゅうだったんで、腕《うで》がつかれてしまったわ。それに海まで行かなくてはお弁当が食べられないなんて、待ちきれないわ。まっすぐ、あの風車のほうへ行きましょうよ」

川の本流はまがりかどのすぐそばまでいっていたが、その本流からぬけだすためには、子どもたちは最後の力をふりしぼらなければならなかった。だがかれらはそれをやってのけた。そしてかいを土の中につっこんでこいでいくと、カヌーはどうやら土手をのりこえ、あふれた水がしずかにひろがっている場所にはいることができた。

ようやく休むことができて、みんなはほっとした。牧草地《ぼくそうち》をおおった水は二十センチほどの深さで、流れはほとんどなかった。かれらはそっとかいをこいで、風車小屋のほうへ進んでいった。そしてもう興奮《こうふん》がおさまったので、おしゃべりしたり、笑ったりした。かれらの声は、かれらに驚《おどろ》いてガーガー鳴いているカモの声といっしょになって、水の上を、遠くの土手までひびきわたった。

アイダは、水の上を飛《と》んでいくチョウチョウを見つめていた。どこにもとまるところはない——あるとすれば、アイダが先を上にしておいたかいの先だけだ。二羽のチョウチョウがそこにとまった。ピンは目をとじていた。かれは日の光をあび、微笑《びしょう》をうかべて、もの思いにふけっていた。

オスカーがきんちょうした声でいった。

「ちょっと、見てくれ。ぼく、また小さくなっちゃったんじゃないだろうな」

アイダとピンはむきなおった。

「ううん。ぼくたちも小さくなっちゃったんなら別《べつ》だけど」とピンが答えた。

「じゃあ、まえのほうを見てくれ。あの、土手の上だ」

アイダは風車小屋のほうを見た。アイダはそれまでずっとそっちをむいていたのだが、どちらかといえば、じぶんのまわりのものに気をうばわれていた――陸地をさがして泳いでいるミズネズミや、すまいにしている棒《ぼう》きれが水にういてしまったのでまごまごしているハサミムシなどだ。そしていまはじめて、風車小屋の建っている丘をながめ、なにかかわったものがあるのか、さがしてみた。

別になにもない。ただ、水のふちに、枯《か》れ木《き》が根こそぎになってたおれているのが見えるだけだった。その根はほとんど折りとられ、ただ二本だけが、ニレの木によくあるようなけばだったこぶの下に、折れまがってついていた。そのこぶは、かりにその木を彫《ちょう》刻《こく》とすれば、寝《ね》ころんでいる人の頭のような形だった。枝《えだ》も二本残《のこ》っているだけで、組んだ足のようにかさなりあっていた。じっさい、どこにだって見られる枯れ木にすぎない。

ただ、アイダがながめていると、その枝がうごいて、足をかさねなおしたようだった。そして上になった足は、けだるい真昼の空気にふれて、気持ちよさそうにぶらぶらゆれていたのである。

ピンは、メロン色のつやつやした背中《せなか》の力をふりしぼってかいをこぎ、カヌーをちかづけていった。そして三人の声が高くなり、ついにさけび声にまでなると、ぶらぶらゆれていた足はぴたりとうごかなくなった。

カヌーの底《そこ》が川底につきあたると、子どもたちはあさい水の中をならんで歩いた。かれらはおしだまった。水をはねる音がするだけだ。

めざすものは、もうピクともうごかなかった。だがアイダがちらっと目をそらして風車のほうを見ると、割《わ》れた窓《まど》ガラスのうしろに、牛のように大きくて血ばしった目が、こちらをうかがっているのが見えた。

またもうひとつ、おなじように大きいが、よくすんで、きらきらかがやく、いぶかしそうな目がひらいた。それはさっき、アイダがとんまなことに木のこぶだと思いこんだ、あの頭の中でだ。

「こんにちは、巨人《きょじん》さん」とピンがおじぎをしながらいった。

巨人はすわりなおした。かれはとび色の肌をし、髪《かみ》はもじゃもじゃだった。しかし大きさを別にすれば、十五歳《さい》くらいに見えた。

「どうやら、きみたちはごまかされなかったんだな」とかれはおだやかにいった。

「オスカーのおかげよ」とアイダがいった。「これがオスカー。あたしだったら、そばを歩いてもなんとも思わずにとおりすぎてしまったかもしれないわ。それから、これがピン」

「見つかるのも、悪かあないよ。めったにないことだからな。おれはときどき、人間はみんな目が見えなくなってきてるんじゃないか、それとも、アリのように、じぶんより大きいものはなにも見えないんじゃないか、と思うくらいなんだ。いそがしそうにうごきまわってるけど、じぶんの肩《かた》より高いところはぜんぜん見ないようなんだよ。ただ男の子はちがう。男の子は、いつでもいちばんいい」

アイダは、はずかしくなった。

「それからもちろん、赤んぼうもいいよ。赤んぼうはなんでも見たがって、乳母車《うばぐるま》から、目をまんまるくして見上げている。赤んぼうだったら、おれもそっとつっついてやれるよ。赤んぼうは、うれしそうにのどを鳴らすよ。赤んぼうが見つめてるものなんか、だれも気にとめやしないからな。ほかにはネコだけだよ、おれが話しかけたくなるのは。ネコはいろんな人間のちがいに気づかないみたいだもんな。犬はいつでもおれにほえつくよ。食べものをさがしに出かけるとき、めんどうなのはこの犬のやつだよ。でもどうにかうまくやってるんだ、おれは。あちこちの小屋や庭に、ほしいものはなんでもあるのさ。門に鍵《かぎ》をかけてるけど、その上から手をのばしたり、天窓から腕をつっこんだりして、取ればいいんだからな」

「ほしいものを、ただ取るの？」

「ほかになにができる？　おふくろはいつも、おれはつかまっておりに入れられちゃうっていうけど、ばかげたことさ。ブタやジャガイモがぬすまれたというのでさわぎになったら、おれはポスターをはった壁《かべ》にでももたれていればいいんだ。そうすればだれもかれもが、おれを広告《こうこく》だと思っちまう。道ばたに寝ころんでたっていいんだ。そうすりゃあ連中《れんちゅう》は、板でつつんだ大きな水道管《すいどうかん》ぐらいに思うだけだ。それとも生垣《いけがき》のうしろで四つんばいになってたっていい。そうするとおれの背中を見て、馬だと思っちまうんだ。かんたんだよ。あるとき、おれは、大工たちが使ってる白いねばねばした材料《ざいりょう》に、つい手をつっこんで、あとを残しちまった。そこはおれがいろんなものをたくさん取った、たいそうつごうのいい場所だったんだ。あとになって、見てたら、連中はおれの手のあとのまわりにあつまって、会議《かいぎ》をひらいているんだ。巡《じゅん》査《さ》もそこにおったけど、たいそうおこってた。ほかの連中もおこってた。巡査がいうにゃあ、これは手のあとじゃない、そんなはずがない、したがって報告《ほうこく》もしない、わしをいったいなんだと思ってるんだ、だってさ。そのあいだずっとおれはクリの木になってたんだ。そして巡査は、おれの足に自転車をたてかけてたよ」

「それ、あの世すて人がいってたことだ」とオスカーがいった。「気がつかなきゃあ、存在《そんざい》しないとおなじだって」

「おふくろには、だれもおれに気がつきゃしないよ、っていっても、信用《しんよう》しないんだ。むかしはそんなことなかったって、いうんだよ。おふくろのいうことを聞いてみな、おもしろいよ」

「テラック！」

風車小屋から声がした。鳴きすぎてひびのはいった牛の声のようだ。

「テラック！　まったく気のもめる子だよ。はいってらっしゃいっていったでしょ」

「あれがおふくろだよ」

そのおふくろさんが出てきた――二枚《まい》とびらの戸口をとおるために四つんばいになって。おふくろさんのからだはほとんどゾウほど大きく、よくわからない、ぐにゃぐにゃな形をしていた。そしてひざを両手でおすと、よっこらしょと立ちあがった。大きな骨ばった顔はしわだらけで、この人が生涯《しょうがい》、不満《ふまん》を胸《むね》にいだいて生きてきたことは明らかだった。そのしわを見ていると、この人がかつて一度だって笑ったことがあろうとは、とても思えなかった。

「ああ、また腰《こし》がいたくなった！　おまえはいったい、なにをしでかしたんだい、このろくでなし！　わたしたちはまた追っかけられるよ。またひっこさなきゃならないよ。こんどはどこへこしていったらいいんだい？　このみじめな国では、わたしたちはピラミッドみたいに目だっちまうんだ。わたしたちをかくしてくれる、森も丘もありゃしない。干《ほ》し草《くさ》の山だってろくにありゃしない。いやになるくらい、どこもかも平らなんだよ。そして東のほうへ行けば行くほど、ますますだめなのさ。そしてようやくこの風車小屋にぐあいよくおちついたと思ったら、おまえは外に出て人に見られちまうんだから」

「どうしてひっこさなきゃならないの？　ぼくたち、だれにもいいやしないよ」

オスカーはいつでもまっさきに、つげ口しないことをやくそくする子だった。

おふくろさんは、ふいにあらあらしくいった。

「それはね、わたしの子を笑いものにされたくないからだよ。そんなこと、がまんできないからね。この子はね、父親に似《に》てるのさ。どんどん、どんどん、大きくなって、めいわくをかけるだけだよ。でもね、これはわたしの子だよ。笑いものにされちゃあ、がまんできないのさ。いまいましい子どもたち！　こういう連中は、水や恋人《こいびと》みたいなもんだよ。どこにでもはいりこむ。そしてベラベラしゃべるのさ。テラック、どうしておまえはいわれたとおりにしなかったんだい」

おふくろさんはしゃべりつづけながら、テラックをたたこうとしたが、テラックはひょいとそれをよけた。

「おまえも、かわいそうなおとうさんのように、みじめなさいごをとげることになるよ。おなじさいごをね。いまからいっておくよ。さあ、この子どもたちに気をつけて、逃《に》がさないようにしておくんだよ。おかげでわたしは、おまえを、またなんとかしなくちゃならない。これからわたしは荷づくりするからね、それがすんだら荷物をカヌーにのせ、ひっぱっていくんだ。子どもたちはここで、水がひくまで待ってればいい。それまでには、わたしたちはもう遠くへ行ってしまってるだろうからね」

おふくろさんはため息をついた。すると地面のわらが、ひらひら飛びちった。

「わたしはもう、故郷《こきょう》の洞窟《どうくつ》にこの年とった骨を休めたいよ。青色やこはく色の岩山がそこにはあって、なかよしのヤギたちが大きな丸い岩のあいだで、メーメー鳴きながら、草や木の葉を食べている。ところがおまえのかわいそうな、ばかなおとうさんときたら、偉大《いだい》な王さまになるのだなんていってさ！　そしてそのむすこのおまえも、おなじようにばかときている。あーあ、女ってのは、からだが大きければ大きいほど、大きな重荷を背負わなくちゃならない。いいかい、テラック、子どもたちを見はってるんだよ。さもないとネズミみたいに逃げちまうよ！」

おふくろさんは樽《たる》がころがるようなかっこうで立ち去り、また四つんばいになって、風車小屋にからだをねじこんだ。子どもたちは、姿《すがた》が見えなくなる直前、最後にからだをよじったときの、おふくろさんの巨大なおしりとものすごい足の裏《うら》に、ぽかんと見とれていた。あらい毛《もう》布《ふ》でつくったおふくろさんのスカートのうしろ側には、「英国鉄道《えいこくてつどう》」という字が白くうちこまれていた。

テラックはすっかりしょげかえって、すわっていた。生き生きした顔色は消えうせ、雨水をちょろちょろためるおけのように元気がなくなっていた。

アイダとオスカーとピンは、同情《どうじょう》してかれのまわりに立ったが、どう口をきいたらいいかわからなかった。じぶんたちがとんでもない災難《さいなん》を持ちこんだことは、明らかだった。かれら自身としても、こんな急流をかいでこぎ上ることはできない相談だから、カヌーなしで帰ることはむしろ楽なくらいだ。しかし、カヌーがなくなった事情をおとなたちにせつめいすることは、たいへんむずかしいにちがいない。とにかく、道をさがし、ヒッチハイクしていけばいい。さしあたっては、テラックのいいようもなく暗い表情に、かれらはこまりはてていた。

みじめな沈黙《ちんもく》がつづき、ついにはだれもかも話すことをわすれてしまったようにさえ思えた。テラックは、悲しみにつつまれた大きな木のかたまりのように、身うごきもせずすわっていた。

そのとき、風車小屋の中から、ミヤマガラスの群《む》れと、ブタ小屋と、ロバの農場とがいっしょになったような、いきおいのよい音が聞こえてきた。それはひくく鳴り、うめき、かん高くさけび、とどろきわたって、長いメロディーとなった。

テラックは生き生きとしてきた。かれはうれしそうにピンに目くばせすると、歯を見せてほほえんだ。マッチ箱をならべたように大きな歯で、かれの目の白いところよりももっと白かった。かれは風車のほうにむかって、あごをしゃくった。

「あれは、おふくろがバグパイプを吹《ふ》いてるんだ。こまりきったとき、おふくろはいつもああするんだ。そして吹きつかれてしまうと、ねむっちゃうのさ。だからおれたち、たっぷり話をする時間があるよ」

子どもたちは、かれのまえに輪《わ》になってすわった。

「おとうさんはどうなったの?」というのが、オスカーの最初の質問《しつもん》だった。

「洞窟がありヤギがいる青色やこはく色の山って、どこにあるの?」とアイダ。

「おとうさんは王さまになりたかったっていうけど、じゃあ、おとうさんが乗れるほど大きな馬はいたの?」とピン。

三つの質問が同時にとびだしたが、テラックは両手で耳をおおってしまっていた。このざわめきのあと、沈黙がつづいた。それからアイダがまたききはじめた。

「テラック、あなたの年はいくつなの？」

「おふくろは、百五十歳くらいだっていってるよ。おふくろは杖《つえ》に年数をきざみつけてるんだ。だがそのきざみ目のうち、すれて消えちまったのもある。そんなに、信じられないって顔することないよ。巨人はきみたちより長生きするんだ。おふくろは、じぶんは五百歳だと思っている。だが、じっさいの年よりもたいそうふけてるっていうんだ。苦労《くろう》のためにやつれたってね。おふくろは陰気《いんき》なたちだよ」

「なにもかも話してよ、はじめから」

「はじめのことは知らないな――おふくろから聞いたことのほかは。おやじのことはおぼえてないよ。だがおふくろはいつも話してるんだ――ときにはじぶんに、ときにはおれにむかってね。たぶん、話してないと、じぶんでじぶんが信じられなくなっちまうんだろうな。

その山ってのがどこにあるか、おれも知らないんだ。どこか東のほうだよ。すごく高くて、だれものぼったりおりたりできないような崖《がけ》にとりかこまれてるんだ。巨人はその上にすんでいた。小さな川が流れてる谷のわきに、出入り用の道が切りひらかれ、その先に大きな洞窟があったんだ。巨人たちはな、ヤギをかい、着物を編《あ》み、星をうらない、月をあがめてた。木のハンマーで大きな石をたたいて、音楽もかなでてた。満月のための、おいのりの音楽なんだ。バグパイプは葬式《そうしき》や病気のときの、女だけの音楽さ。

ある日、地震《じしん》のあとで、おやじは岩がくずれているところを発見した。そこから下の土地におりていけた。おやじはおふくろを連《つ》れていった。ふたりはたがいにすきだったし、おやじは勇敢《ゆうかん》なところを見せびらかしたかったんだな。ふたりは長いこと、楽しい探検をして歩いたよ。それまで見たことのないものもいろいろあった。森とか、花とか、動物とか、大きな川とか。おふくろはいつもいってた――『わたしたち、もう帰らなくっちゃ』ってな。だがおやじは帰ろうとしなかった。

それから、ある丘のわきの森を出たとき、ふたりは羊かいたちに出会ったのさ。それが、ふたりが見た最初の小さな人間だった。おやじはもちろんたいそう興味《きょうみ》を持って、やさしく話しかけた。けれど、羊かいたちは、羊をおっぽりだして、逃げていっちまった。それでおやじとおふくろは羊かいになり、そのままそこにいついた。ちょうど春だったし、美しい丘だったからな。おやじは岩をつんで家をつくった。だがおふくろはホームシックになった。なべも毛布も洞窟に残してきちまったんだからな。それでおやじは、おふくろにバグパイプをつくってやったのさ。

ある日、おやじが羊を守りながら谷を見おろしていると、馬に乗った小さな人間の行列が目にはいった。荷物をつんだ動物と、八頭だての長いほろ馬車があとにつづいている。小さな羊かいもいっしょにいて、丘の斜面《しゃめん》のおやじがすわっているところを指さしている。

馬に乗った連中のうち、六人が丘をのぼっておやじのほうにやってきた。砂岩《さがん》のような白い顔の金髪《きんぱつ》の男もいたが、大部分は羊かいとおなじ黒っぽい肌をしていた。じゅうぶんちかづくと、その連中はなにかすばらしい言葉をさけんで、頭を下げ、旗をふった。おやじはその言葉がわからなかったけれども、じっとすわったままで、もっとこっちへこいとあいずをした。おふくろはずっとはなれた家の中にいて、バグパイプを吹いていた。故郷に帰りたかったんだな。

男たちはちかくにきた。おくり物を持ってきていて、それを地面にならべたよ。ししゅうをした上着、まえにクジャクの羽がついたターバン、箱につめた大きな青いビーズ玉、皿にもったナツメヤシやイチジク、おなじく皿にもった砂糖菓子《さとうがし》。それからびんが一本あったが、これを白い男は、長い演説《えんぜつ》と、特《とく》にていねいなおじぎをして、さしだした。

おやじが、かれらのいうことも、通訳《つうやく》のいうことも、いっこうわからないようすなのを見てとると、男たちは手まね身ぶりをしはじめた。ふたりの男が、おやじに上着を着せ、ターバンをかぶらせた。おやじはまだ地面にすわっていたし、おくり物の品をよく見るためにひじをついていたから、かれらにも手がとどいたんだ。おやじはターバンとクジャクの羽が気に入った。そしてかれらが地面にひたいをすりつけ、馬に乗って谷の下で待っている連中のほうに手をふったとき、かれらがおやじに王さまになってもらいたがっていることがわかったんだ。

おやじは大声を出しておふくろをよんだ。男たちは逃げだしたよ。おったまげたんだな。だが白い男がかれらをよびもどした。おふくろの姿を見ると――おふくろはそのころ、おふくろ自身の話だけど、きれいなさかりで、スフィンクスのような顔かたちをしてたそうだよ――そのおふくろが丘の上からおりてくるのを見て、男たちはへたへたとすわりこんだ。しりもちをついた赤んぼうみたいにね。

『そのばかげたものはなんなの?』

おふくろはターバンを指さしながら、おやじにきいた。おやじは、王さまになってほしいとかれらにたのまれてるんだ、とこたえた。

『このちっぽけな連中の王さまですって? ばかばかしい』

おふくろはいった。ところがそういいながら、腰をおろして、砂糖菓子を食べてみたんだ。そしておやじも、なんだろうかと思って、さっきのびんの中味をためしてみた。くしゃみが出たけど、けっこううまかったんで、もっとほしくなった。おふくろは青いビーズ玉をからだにつけてみた。そしたらターバンもほしくなったけど、それはおやじがやろうとしなかった。どのつまり、ふたりは男たちについて行くことになっちまったんだ。男たちはたいそうていねいで、おじぎをし、礼をし、おせじをいい、ますますたくさん食べものや飲みものをさしだした。そしてりっぱな王さまとお妃《きさき》さまはふとってなくちゃならないって、身ぶりでしめすんだ。

だが、もちろん、そんなのはぜんぶごまかしだったんだよ。かれらはおやじをたぶらかして、『王国』のほうへ連れていった。おやじは、見れば見るほど、かれらがすきでなくなっていった。おふくろにも、すぐにそのことがわかった。かれらはみすぼらしい船に乗って海をこえた――馬や、ゾウや、トラや、ライオンや、サルといっしょにな。そしてついに、イギリスのブリストルというところについたのさ。

そのころまでに、おやじとおふくろは英語をおぼえかけていた。おふくろは、なかなか頭のはたらく人だった。じきに、かれらが仲間どうしでしゃべっていることや、おふくろに話しかけてくることが、わかるようになった。おやじは、人のいい、たんじゅんな男だった。いわれることはみんな信じてしまった。歓呼《かんこ》してむかえる民衆《みんしゅう》にたいして、りっぱな王さまはなにを着、なにをすべきか、などということをせつめいされると、おやじはいっしょうけんめい注意して、それをみんなおぼえてしまった。民衆との会見は、たいそう大きな、みどり色と黄色のまじったテントの中でおこなわれる。かれらのせつめいによると、この儀式《ぎしき》はおやじの王国のあらゆる都市で七晩《ばん》ずつおこなわれる手はずだった。おやじはクジャクの羽のついたターバンをかぶり、どうどうとした態度《たいど》で歩き、あらかじめ教えられていたとおりに頭を下げ、なげキスをする。そしておふくろには、これがぜんぶおわったら山に帰ろうとやくそくした——王さまとお妃さまには、なんでもしたいことができるんだから、と」

テラックはちょっと話しやめ、子どもたちがじりじりしてくるのを待ってから、いった。

「だが、それはサーカスだったんだ。そしておやじは、笑いものにされたんだ」

かれはこの「笑いもの」という言葉の効果を見るため、アイダと、オスカーと、ピンを見つめた。子どもたちの顔は、礼儀正《れいぎ》しくきんちょうしていたが、恐怖《きょうふ》にうたれて目をまるくしてはいなかった。

「おふくろは、笑われるのはとんでもない残酷《ざんこく》なことだといっている。おやじは笑われたことがもとで、死んだんだ」

ふたたびテラックは、うめき声が出ることを期待して、子どもたちを見まわした。

「どういうふうに？」とピンがぽつっときいた。

「こうだったんだ。最初の晩、だれもかれもがギャーギャーさけんで笑いたて、サーカスの団《だん》長《ちょう》がかっこよくぴったりと足についたズボンをはき、まっ赤な乗馬コートと三角帽《さんかくぼう》を身につけ、むちを持ってあらわれたとき、おやじはかんにんぶくろの緒《お》を切らしたのさ。そして団長をひっつかまえると、ひざの上にすえ、じぶんのすわっていたいすがつぶれてしまうまでひっぱたいた。それからむちを持って、小人の道化《どうけ》を追いかけた。道化たちは、よちよちところげまわりながら、てんでに逃げていった。おやじがいちばんたたきのめしてやりたかった道化は、はしごをのぼり、綱わたりの綱の上に逃げた。だがそいつは、じぶんのポケットからぶらさがっていたソーセージをふんづけ、足をすべらせて、両手と両ひざで綱にぶらさがった。おやじは、腹立《はらだ》ちのあまり、がむしゃらに、テントのまんなかの柱によじのぼり、綱をわたって追いかけていきだした。見物人はまだ大笑いをしながら、わいわいさけんでいる。と、綱が切れ、おやじは墜落《ついらく》し、首を折っちまったんだ。道化のほうは綱のはしにしがみつき、ふわりとゆれて、ぶじに下へおりた。まるでじぶんのソーセージにつかまっておりたようなかっこうでな。

だが、おふくろがバグパイプをかかえて――そいつを取られてしまいやしないかと心配してたのさ――かけつけてみると、おやじはもう死んでいた。おふくろは胸がさけるような思いで、テントのまんなかにすわると、このうえなく悲しい思いで、バグパイプを吹いた。ところが群《ぐん》衆《しゅう》は、ますます笑うだけだったんだ。それから、道化たちがかけもどってきて、なにもかも

——じゅうたんもおやじもいっしょに——かたづけちまい、つぎにはじまったのが、ライオンとライオン使いの曲芸《きょくげい》ってわけさ。

みんながリングに出ているあいだに、おふくろはおれを連れて、逃げだした。川のあさ瀬《せ》をわたり、さらに逃げて、みどりの山の中にかくれた。そこには羊がいたぜ。おれたちはほんものの洞窟の中にすんだ。それからは、ずっと人にかくれて生きてるんだ。笑われるってのは、たいそうこわいことだからな。とんでもなくこわいことなんだ。おふくろにしかられてるとき、おれはよく、そのこわさを想像《そうぞう》してみるんだ。だが、いくら想像してもじゅうぶん想像しきれないくらい、それはこわいんだな」

「おとうさんがふいにそんなにおこりだしたのは、リングでいったいなにをさせられたからなの？」とピンがきいた。

「おやじは民衆になげキスをしながらはいってきて、戴冠式《たいかんしき》のためにひげをそるよう、王室理《り》髪師《はつし》をよびつけた。小人の道化たちが、おやじのまえやうしろや、またの下などをかけまわり、おやじ用に赤いじゅうたんをひろげるのだが、おやじがふもうとすると、それをひっぱるんだ。たとえそういう、サーカスでしか起こらない不作法《ぶさほう》なことを、つぎからつぎへとやったんだ。たとえば、ひとりの小人の道化は巨大なおまるをロープでひっぱってきて、おやじのあとからついてまわった。とんでもなく不作法なことだよ。そのくせ、やつはおやじを『陛下《へいか》、陛下』ってよんでるんだ。

ようやくおやじが玉座《ぎょくざ》につくと、王室理髪師がやってきた。こいつは道化の中でいちばん小さく、おやじがいちばんきらってたやつなんだ。こいつは白いエプロンをつけ、赤んぼうのように髪の毛を巻《ま》きつけてしばり、それにくしをさしてた。そして木ばさみを持ってた——おやじの散髪《さんぱつ》をするためにな。もちろん、おやじの頭までとどかない。そこでこいつは、小さい足でいそがしそうにせかせか歩いていって、段ばしごを持ってきた。だがそれでもまだだめだ。おやじの胸までとどくだけ。道化のやつ、おやじの頭にとどかないんで、胸の毛を刈《か》りだした——生垣の木を切るようにな」

ここのところで、ピンは口をあけると、ヒワの鳴き声に似《に》たクックックッという音をもらした。

テラックは驚いてかれを見つめた。

「どうしたんだい？　いまのあれ、なんだったんだい？」

子どもたちはぎょっとして、もうしわけなく思った。かれらは笑いだしそうになっていたが、いっしょうけんめいこらえて、なんにもいわなかった。

「いい音だったよ。もう一度やってみろよ、ピン」

テラックはそういうと、にこやかに、待ちうけた。

そこでピンはまた笑いだした。ほかのものもこらえきれずに笑いだしてしまった。テラックは、わけがわからないとき、よく人がするように、のどをヒクヒク鳴らした。

「笑っちゃったわ。ごめんなさい」アイダは涙《なみだ》をぬぐいながらいった。

「笑っちゃった？　けど、いまのはちっともいやじゃなかったよ。気持ちよかったよ」

「そうなんです」オスカーも、涙をふきながらいった。

「笑うってのは！　それはそんなことなんかい？」

テラックもふいに笑いだした。ものすごいいきおいで。吸《す》う息が吐《は》く息に追っつかないほどに。

「アッハ！　アッハ！」かれは胸をおさえてさけんだ。「ああ苦しい。アッハ！　アッハ！死んじまいそうだ。アーアーウー」

かれはようやくすわりなおすと、ハンカチをとり出して、涙をぬぐった。

「アー、笑うってのがこんなことだとは、夢《ゆめ》にも思わなかったよ。もう一度笑おうよ」とかれはいった。

「なにかおもしろいことがなくちゃだめなんです」とピンがいった。

テラックは感心してかれを見た。そしていった。

「じゃあおれは、笑わせ役になりたいよ。道化にな」

アイダが草の中からなにかをひろいあげた。

「ハンカチを出したとき、これがポケットからころげ落ちたわ。なんなの？　象牙《ぞうげ》に四人の女の人を彫刻《ちょうこく》してあるみたいだけど」

「ああ、それ！　それはおれの歯だよ。歯がいたんだんで、おふくろがぬいちまったんだ。それをひもでしばり、ひもの先を風車のいちばん下の羽板にゆわえつけ、それからいちばん上の羽板をつかんで、ぐいとひきおろしたのさ。かんたんだったよ。記念《きねん》に持っていってもいいぜ、ピン」

ピンはていねいにお礼をいって、それをうけとった。ところが、まだその言葉がおわらないうちに、ひざをついていたテラックがふいにまえにかがみ、顔と手を草の中にかくした。かれはまるで、ニンジンをつめた袋《ふくろ》の山か、堆肥《たいひ》の山か、まあそういった、この地方によく見られるものの姿になってしまった。こんなことをした理由は、すぐ明らかになった。しかつめらしい字と番号をペンキで書いた、大きくて軽快《けいかい》そうなランチ（機動艇《きどうてい》）が、流れのまんなかをくだってきたのだ。数人の人が乗っていて、双眼鏡《そうがんきょう》とメガホンと長いロープにゆわえた救命用《きゅうめいよう》のうき輪とを持ち、きんちょうしてあたりを見まわしていた。かれらはカヌーを発見して、最初たいへん驚いた。それから子どもたちを見つけた。

「おーい！」

船長がメガホンでどなった。

子どもたちにとっては、とんだじゃまがはいったものだ。

「おーい！　みんなぶじか！」

「はーい！　だいじょうぶです」

子どもたちの声は、船長のに比《くら》べると、ツバメの子の鳴き声のようなものだった。それでもかれらは、あいさつのために、手をふった。

「そのカヌーは故障《こしょう》したんかい？」

「いいえ、だいじょうぶです」

だが、すでにふたりの男の人が、またまでとどく防水《ぼうすい》長ぐつをはいてランチをおり、水につかった野原をピシャピシャと歩いていた。そばまでくると、ひとりがいった。

「きみらは、わしたちがさがしていた連中だろうな。十二時ごろ、ウィッグルソークの橋の下をカヌーに乗って流れていった三人の子どもってのは、きみらなんだろ？　わしたちは捜索隊《そうさくたい》なんだ」

かれはにやにや笑いながら、さらにいった。

「ウォッシュまで流れ出てしまわなくて、運がよかったよ。あそこは流れがきついからな。まったくのんきな三人組だよ！　ほかにもっとましなことはできなかったのかい？　だがとにかく、先生、お医者さんは必要《ひつよう》ないようですよ」

かれは連れの医者にいった。

「この子らの頭がおかしいことを証明《しょうめい》してもらわなきゃならないときは、別ですがね。さあ、行こう。わしたちが家まで連れていってやる――カヌーはランチのうしろにひっぱっていこう。きみら、どこからきたんだい？」

「ペニー・ソーキーのちかくの、グリーン・ノウです」

「ここにきたときよりは、帰りのほうが時間がかかる。最初の宿屋から電話して、家の人たちに、きみらのようすを知らせてやろう」

子どもたちは、複雑《ふくざつ》な気持ちで、頭が混乱《こんらん》していた。そんなにまぬけだと思われていることではずかしくなったし、ランチに乗れるということではうれしくなったし、テラックに別《わか》れる――しかもさようならもいわずに別れる――ということでは悲しくなった。だがピンがいい方法を思いついた。かれはテラックの背中の上を首からしりのところまで走り、その足もとにとびおりた。土手や岩の上で子どもたちがよくすることだ。アイダもオスカーもピンのまねをした。ふたりの男の人は、子どもってのは子どもらしいことをするもんだと思って、見ているだけだった。

「乗りなさい」

とかれらはいって、カヌーのひき綱をひっぱった。子どもたちはカヌーに乗って、なんともなさけない気持ちだった。

「また下流に流されていってはたいへんだからな」とおとなの人たちはいった。

本流のそばの木に綱をゆわえてとまっていたランチにちかづくと、子どもたちはふりかえり、最後のまなざしをテラックのほうに送った。テラックはだいたんに姿をあらわし、口のまわりに両手をやって、さけんだ。

「おーれーはー道ー化ーにーなーるーぞー」

船長がいった。

「牛が鳴いてるよ。ひどい洪水だと、牛たちが木のあいだでうごけなくなっちまうことがある。だがあの声から判断《はんだん》すると、あれは家族からはぐれてしまってるだけだな。牛ってのは女みたいなもんさ――ひとりでいると、さびしくってたまらないんだよ」

ランチの上にひきあげられたとき、子どもたちは帰りの旅のすばらしさのほか、なにも考えなかった。上甲板《じょうかんぱん》にすわり、下でうごいているエンジンの力をかりて、ゆっくりとさかのぼっていくのだ。かれらはうれしそうに歯をむきだして、がつがつとサンドイッチを食べた。ランチの人たちは熱《あつ》いココアをいれてくれ、かれらの無鉄砲《むてっぽう》なカヌーこぎをからかった。もっとも、子どもたちに、ぼくたちもそうへたなこぎ手じゃなかったんだな、と思わせるようないい方で。

ランチはウィッグルソーク石橋の下をとおれないので、ずっと遠まわりをしていった。家に帰ると、ミス・シビラはすっかりろうばいしていた。だがそれは、一時のニュースで、三人の子どもが洪水で行方不明《ゆくえふめい》になったことが放送されたからなのか、それともケーキ用のクリームがどういうわけかうまく泡立《あわだ》たなかったからなのか、よくわからなかった。モード・ビギンはまったくおちついたものだった。

「おや、お帰り、ハムにセムにヤペテよ！」と、この学者はいっただけだ。（ハムとセムとヤペテは聖書《せいしょ》に出てくるノアの箱舟《はこぶね》で有名なノアの子どもたちの名。）そしてビギン博士《はかせ》は救助隊《きゅうじょたい》にていねいに礼をいったが、まるでネコを連れ帰ってもらったくらいに、あっさりしたものだった。

博士はいった。

「子どもには九つの命があります。もしアイダがこのモードおばさんに似てるとしたら、十の命だってあるでしょうね」（ネコに九つの命あり、というイギリスのことわざをまねしたもの。）

男の人たちが、あとから救助隊の費用《ひよう》を請求《せいきゅう》します、といったときでも、博士はこうこたえただけだった。

「ええ、いいですよ。あらゆる経験にはお金がかかるものですからね。それに三つも葬式を出した日には、もっともっとお金がかかるでしょうから」

「モード！　どうしてそんなことがいえるのよ！」

ミス・シビラはそういって、メロンの種《たね》のネックレスを両手でねじったものだから、糸が切れ、種がひとつ残らず服の内側ではじけちった。「オー！」とミス・シビラはいって、急いでへやから出ていった。

ビギン博士はアイダを見て、にやにや笑った。

「あんたたちの探検旅行、なにかいい発見でもできたんだといいけどね。なかなか、発見ってものはできないんだから」

アイダはこの瞬間《しゅんかん》、いつもより特にこのおばさんがすきになった。このおばさんが世界じゅうのなによりも興味を持つにちがいない発見を、じぶんたちがしたことをつげられないなんて、おそろしいことだった。アイダは口をひらいたが、またしっかりととじた。三人がだまっていることを、オスカーはもうやくそくしてしまっていたのだ。

「さあ、みんなあ、そんななさけない顔をしてるもんじゃないよ」とビギン博士は話しつづけた。「あんたたちは第一級の冒険をした、とわたしは考えてるんだよ。それで、ちっともだめなことはないじゃないの」

11　巨人の歯

屋根裏《やねうら》べやで子どもたちは、おたがいにつらそうに、顔を見あわせていた。

アイダがいった。

「おばさんに話してあげないなんて、ひどいことだと思うわ。だっておばさんは、毎晩《まいばん》、巨人《きょじん》の夢《ゆめ》を見ているにちがいないんだもの。それに、もし委員会がお金を出してあげれば、おばさんはテラックのおかあさんを故郷《こきょう》の山に連《つ》れ帰《かえ》って、洞窟《どうくつ》や、そこにまだすんでる巨人たちを見てくることができるかもしれないんですもの」

「けれどぼくはやくそくした」とオスカーがいった。「そして難民《なんみん》にたいするやくそくはなによりもいちばん厳粛《げんしゅく》なやくそくなんだ」

「でも、テラックのおかあさんは帰りたいのよ」

「きみは知らないんだよ、アイダ」とピンがいった。「この国の人たちはね、難民を故郷に送りかえすなんてこと、しやしない。収容所《しゅうようじょ》に入れるだけだ。動物園に入れちゃうかもしれない」

「じゃあ、モードおばさんにテラックのことはなにも話さないで、歯だけを見せてあげられない？　巨人がいることの証拠《しょうこ》になるわよ」

「おばさん、じぶんでそれを発見したら、もっとずっとよろこぶだろうな」とピンがいった。

「そうすれば、ぼくたちもうそをつくはめにおちいらなくてすむ。おばさんが発見するためには、どこに歯をおいたらいいと思う？」

「そうね。いま書いてる本のことを考えながら、いつもぶらぶら歩いている、砂利道《じゃりみち》の上がいいわ」

「そうだ！　ちょうど新しい砂利をしいたばかりだから、おばさんはいやでも下を見て歩いている。おばさんはいつも、なんだか知らないけど、なにかを期待しているんだ。あしたの委員会までに歯を発見してもらわなくちゃあ。そうすれば、みんなに報告《ほうこく》できるんだ」

三足のズックぐつの音がパタパタと鳴って、急な木の階段《かいだん》をかけおりていった。ビギン博士《はかせ》にはにぎやかにはしゃいでいる音、シビラ・バンにはおおいなる食欲《しょくよく》のもとになる音に聞こえただけだったが。

子どもたちは、洪水《こうずい》のようすを見にいくようなかっこうで、庭をよこぎった。そして、トネリコの木の幹《みき》の水の深さのところに、青色のえんぴつで強く線をひいた。だれが見ても、かれらは川のことにむちゅうになっているだけのように思えた。帰りに砂利道をとおりながら、ピンはふと身をかがめて、毛虫をつまみあげた――いや、実はそっと歯をおいた。だれが見ても、かれはなにか、理科が大すきなこの子たちに興味《きょうみ》のあるものを見つけただけのように見えた。

屋根裏《やねうら》べやにもどると、ふたりが地図に書きこみをし、もうひとりが窓《まど》から見はりをした。壁紙《かべがみ》をぜんぶひろげても、きょうの旅行を記入するには大きさがたりなかった。かれらは矢じるしで方向をしめすことができるだけだった――「テラックの風車にいたる」と。

「おばさん、あそこへ行った？」

床《ゆか》にひざをついた画家たちは、ときどき聞きあった。

「いや、まだだよ。あしたのために考えなければならないことが、たくさんあるはずなのに。どうして出ていかないのかな？　ちぇっ、よその人がたずねてきた。だれかほかの人が先にひろっちゃったら、どうしよう？」

しかしよその人は、グリーン・ノウの家だけに目をそそぎながら、道をとおっていった。この家の古い箱舟《はこぶね》のような形のつくりや、ノアの箱舟の絵の屋根裏べやの窓によくかかれているサルのような顔の群《む》れに気をうばわれていたのだ。もっともじっさいには、箱舟の三階の窓からは、キリンの顔がのぞいているのが見えたはずだけれども。お客さんは、この家の持ち主のオールドノウ夫人《ふじん》をたずねてきたのだが、夫人はもちろんるすだ。まもなく、お客さんのひきかえしていく姿《すがた》が、子どもたちに見えた。右や左をきょろきょろながめているが、地面はぜんぜん見ない。それから鉄の門がカチャッと鳴った。この人がかんぬきをおろしたのだ。それから川ばたの道を歩く足音が、時計の音のようにひびきながら、遠ざかっていった。子どもたちのきんちょうした心の中で、すくなくとも五分くらい、チクタクと時をきざみながら。

まもなく、また門がカチャッと鳴った。この小さな砂利道にこんなに人がとおることはめったにない、と子どもたちは思った。こんどはとなりの人で、行方不明《ゆくえふめい》の子どもたちがぶじだったかどうか、たずねてきてくれたのだった。この人が砂利道のとちゅうで立ちどまり、地面にかがんだのを見て、子どもたちはぎょっとした。だがくつひもがゆるんだので、結びなおしただけだった。となりの人はそのまま帰っていった――たぶん、せんたく機のことでも考えながら。

「となりのおばさん、あれをくつの先でちょっとけったよ」とピンがいった。「でも、とにかくあれは大きいんだからな。ここからだって見えるんだ」

「しかし、大きすぎて目につかないのかもしれない」とオスカーがいった。「テラック自身の

ようにね。ちょっとだけ先が見えるように、うめておいたほうがよかったのかもしれん」

「もうおそすぎるよ。あ、おばさんがやってくる！」

モード・ビギン博士が、気ばらしの散歩《さんぽ》に出てきた。いつものように、からだをまえにまげ、両手をうしろに組み、調子はずれの音楽を口ずさみながら、博士は砂利道を歩いた。そして考えをまとめるために立ちどまると、ぼんやりと、足でやわらかい地面をかきまわした。ときには、こんな年よりの女の人にはできそうもないことなのに、まるい小石を、道のむこうまでちょこちょこけっていくこともあった。子どもたちが息を止め、なんとかあれに気づいてくださいといのりながら見ていると、ビギン博士は六回もその歯の上をとおりすぎてから、七度目にそれを強くけった。歯はころげていかなかった。まるでその四つの足でアクロバットをやって博士の注意をひこうと決心したみたいに、とびあがって宙《ちゅう》がえりをうった。ところが博士は、それが落ちたところへ行ってまたけりあげたのだ。

アイダがうめき声をあげた。

「おばさんは、とんでもなく、いっしょうけんめいに、考えごとをしてるんだわ。あれを川にけおとしちまったらどうしよう」

だがビギン博士は、門まで行くといつものようにむきをかえ、やはり歯をけたてながら、こんどは家のほうにやってきた。子どもたちは、なにかを待ちうけているようなかっこうを見せてはいけないこともわすれて、ちょうど博士の真上にあたる窓のところに立った。ピンの顔はなにかはかり知れないものをうちに秘《ひ》めていた。アイダはふるえ、オスカーはなにがなんでもひろわせるぞとばかり、おそろしい顔つきでにらんでいた。

ビギン博士は、心がピリピリッとけいれんするように感じた。そしてうしろに組んでいた手をほどき、腕《うで》と足にとまっていた蚊《か》をピシャリとたたくと、心の中でなにかがふいにはっきりしてきたみたいに、いままでの二倍の速度で家の中のつくえにむかって歩きだした。さっきけった歯が落ちているところまできても、博士はそのままとおりすぎかけた――と、ハッとして立ちどまり、あいかわらず腰《こし》をかがめたままの姿勢《しせい》で身うごきもせず、それをじっと見つめた。

「えっ！　あらっ！　そんなはずが！」

博士は声をあげ、それをひろいあげて、しげしげと見た。それからめがねをふき、もう一度見なおした。手がふるえていた。

「まさか！」

天に到着《とうちゃく》した人にもおとらないほど博士が驚《おどろ》いているのを見て、子どもたちはむくわれた思いだった。

それからすこしあと、子どもたちとミス・シビラが晩ごはんの席についていると、モード博士があのヘルメットをかぶってはいってきた――学者さんの頭にはどう見ても似《に》あわないのだけれど。博士はなにか思うところありげで、なにか秘密《ひみつ》をもっているようすで、なにかすまないような顔をしていた。

「モード！　夕食の時間よ。どこへ行くの？」

「すまないわね、シビラ。ちょっと急な用事で――その――あの――そうなの――だいじなことに気づいて、きょうじゅうにオドモラー博士の助言をあおがなければならなくなったのよ。どうもおかしい。どうみてもふしぎだ。とても興味深いことなのよ。委員会までにもっとよく調査《ちょうさ》する時間があるといいのにね。ごはんを食べてる時間もないのよ」

博士はそそくさと出ていった。いまにもつまずいてころがりそうないきおいだ。だまって食卓《しょくたく》についているものたちの耳に、博士のオートバイにエンジンがかかり、ポンポンといせいよく車道を遠ざかっていく音が聞こえてきた。

よく日――つまり、たいせつな委員会の日だ――朝食のとき、モード博士はすっかり興奮《こうふん》し、まるでいつもの博士とは思えないようなようすだった。博士はするどい目をきょろきょろとうごかしていた。博士の心はみんなとかけはなれたところを飛《と》んでいたので、まるでひとりだけで食事をしているみたいに、口にいっぱい食べものをほおばり、へいきでゴクゴクとのどを鳴らしながら、食べていた。とうとうミス・シビラがいった。

「モード！　モードったら！　きょうはいったいなにを考えてるの？　まるっきり他人《たにん》になったみたいよ」

「きょうはふだんの十倍もわたしなのよ、シビラ。きょうね、わたしは考古学の歴史《れきし》を書きかえるの。きょう、学会をゆさぶるような爆弾《ばくだん》をなげつけるのよ」

モードはまだ食べおわっていない皿をおしやった。

「さあ、モード！　あったかいうちに焼《や》きトマトを食べちゃいなさいよ。すぐさめちゃうんだから」

「焼きトマトですって？　そんなことしか考えられないの？　子どもたちを見てごらん」

モードは子どもたちを見わたした。三対《つい》のひとみが、期待と共感《きょうかん》できらきらかがやきながら、博士のほうをじっと見つめていた。

「子どもたちを見てごらん。この子たちだって、なにか重要《じゅうよう》なことになりかかっていることに気づいてるじゃないの。アイダ！　アビシニア種パラドゥルラをちゃんと食べてるかい？」

「はい、食べてます」

「それはいい子ね。さあ、シビラおばさんのおてつだいをして、いすをはこんで、準備《じゅんび》をしてちょうだい。それがすんだら、どこかじゃまにならないところに行ってなさい」

12　水のゆうれい

――どっちがほんもの？――

川は、ひと晩《ばん》で、予想したよりもずっと水がへっていた。水は両岸の土手の内側《うちがわ》にもどり、いきおいよく流れてはいたが、いまや子どもたちにも危険信号《きけんしんごう》だとわかる、むちゃくちゃなワルツのようなさざ波は立てていなかった。カヌーは、きのうの帰りがけ、船大工《ふなだいく》にあずけてきてしまった。テラックの牧草地《ぼくそうち》のはずれの、水にしずんだとげつきの針金《はりがね》をこえるときに、穴《あな》があいて水がもれはじめたのだ。それで船大工は、カヌーの修理《しゅうり》ができるまで、さおでこぐ平底舟《ひらぞこぶね》を貸《か》してくれた。ぐらぐらゆれやすいカヌーに乗っていたあとなので、この舟はまるで汽船のようにどっしりと感じられた。

ランチに乗った夏休みの遊び客たちがまたくりだしていた。川の土手は、ピクニック用のかごやラジオを持った人たちでいっぱいだった。子どもたちは、水車池へ行き、そこから水の多いときだけ舟をうかべることができる水路のはしを探検《たんけん》することにきめた。平底舟は大きくてあつかいにくかったが、よいこともあった。ごろりと横になって日光浴《にっこうよく》をしたり、むきあって食べながらおしゃべりしたり、へさきからともまで自由に歩けたりするのだ。

　その小さな支流《しりゅう》は、アシのしげみのあいだを流れていた。平底舟の行く手に立つさざ波が茎《くき》をゆすると、アシはきれいなチョコ棒《ぼう》のような頭を下げて、子どもたちにおじぎした。それでピンは、宮殿《きゅうでん》に参内《さんだい》する大臣《だいじん》のような気持ちだといった。だが、かれらが行きついたところは、宮殿ではなくて、まったくおくまったところにある別《べつ》の池であった。そのまわりには、三つの川が流れこんで小さなダムをつくり、オルゴールのようなかわいい音をたてていた。ダムの水はアシのしげみの中にまよいこみ、たちまちシーンとしずまりかえってしまう。そして中《ちゅう》央《おう》だけがしずかな池になっているのだった。

　子どもたちはよろこんで、こぐのをやめた。と、もはや水面をゆりうごかすものはなにもなくなった。平底舟はまるで鏡《かがみ》の上にいるようだった。その鏡はといえば、まるで真空《しんくう》の世界におかれているようだ。アシのしげみの上も、そのむこう側も、なんにも見えないのだ。ただ、白い雲が、子どもたちの上の空と、下の水面との両方に、ヒアシンスのように青い色をしたまんまるい球となって、うかんでいた。

ツバメが急降下《きゅうこうか》してくると、かならず下から別のツバメが飛《と》びあがり、一ぴきのハエをいっしょにくわえあった。ハエはハエで、水面にとまると、かならずじぶんにそっくりなハエと足をふれあうのだった。この青い世界にたったひとつうかんでいるアイスクリームのあき箱までが、おなじ字をきれいにピンク色でさかさまに書いたうりふたつの箱と、ぴったりからだをよせあっていた。水にうつったそっくりなものたちは、ひとつ残《のこ》らず神秘的《しんぴてき》だった。ほんものよりももっとおもむきがあり、しかももっとかがやいていた。それは青い水の色のつやのおかげだった。そのつやだけが、ほんものとのちがいなのだ。

ピンは平底舟のはしではらばいになり、両手をひじまで水につけていた。そして水の上で黒と金色にかがやいている、もうひとりのピンのことを考えていた。あいてもこっちのピンのことを考えていた。アイダは水面すれすれのところで、指を蚊《か》の足のようにうごかし、水中の別の指がそっくりおなじようにうごいてさわりにくるのを観察《かんさつ》していた。オスカーは日焼《ひや》けしたすらりとしたからだでつったっていた。と、もうひとりのオスカーが、まさしくおなじ姿《すがた》で、美しく水の中につったたっていた。

「どっちがほんとうのあんたたちなのか、わからないわ」とアイダがいった。

「これとぼくとは腕《うで》を仲間《なかま》にして使ってるんだ」とピンがこたえた。「むこうはひじのところ

までぼくをつかまえているし、ぼくもむこうをつかまえている。シャムの双生児《そうせいじ》みたいにね」

するとオスカーがいった。

「ふたりになってるのは、こっちが水の上にいるときだけなんだ。もし水にもぐれば、ぼくはむこうの中にそっくりすべりこんで、ひとりになってしまう。となると、下にいるのがほんものので、ぼくはただの水のゆうれいかなんかだっていうことになるのかな？　やってみよう」

かれはひらりととびこんだ。アイダはふたりのオスカーが出会ってとけあい、ひとりだけになって泳いでいくのを見た。アイダはじぶんがひどくみじめな気持ちになっているのに驚《おどろ》いた。

「もう一度、あがってきてほしいわ」

アイダは心配そうにあたりを見ながら、いった。すこしはなれたところに、オスカーの頭がひょいとうかびあがった。

「オスカーはあそこにいる」とピンがいった。「この舟にきてよじのぼるのが、ただの水のゆうれいでないとしたら――なんだけどね」

「どうせそうなら、みんな水のゆうれいになりましょうよ」とアイダがいった。そしてふたりはとびこんだ。

三人がバッタの足のようにひじをまげて、ようやくへりからよじのぼり、ふたたび舟の中で息をついたとき、オスカーがいった。

「ぼくのいったこと、正しかっただろ？　むこうがほんものだったんだ」

「じゃあ、オスカー、あんたはいま、どっちなの？」

「やっぱりほんもののような気がするよ」

「それじゃあ、いま、水の中にいるのはなんなの？」

「そうだなあ、ただぼくだと思っていただけのものじゃないのかな？」

「なんだか、わけがわからなくなっちゃうわ」

とアイダはいって、また水にもぐった。そして水面にあがってくると、あおむきになって、水にうつっている雲の中にうかんだ。太陽はまぶたを照《て》らし、アイダには、その光がステンドグラスのかけらのようにまっ赤に見えた。

こんなにすてきな日はなかった。音といえばただ、三人のとびこむ音、舟にすわったとき髪《かみ》やひじから落ちるしずくの音、そしてとりとめのないおしゃべりの声だけだった。池は、心の中のいちばんないしょの考えとおなじくらいに、かれらだけのものだった。そしてずっとあとまで、アイダの見るいちばんすてきな夢《ゆめ》は、いつも、ゆらゆらとゆれるアシでとりかこまれていたのである。

13　ビギン博士の委員会

時がたち、午後もおわりにちかづいたころ、ひとりで探検《たんけん》に行っていたオスカーがアシの中に姿《すがた》をあらわし、手になにかを持ってこうさけんだ。

「舟《ふね》をこっちへよせて！　すてきなものをここに持ってるんだ！」

アイダがこいでいくと、オスカーはその宝物《たからもの》をだいじそうにかかえて、乗りこんだ。

「これが、イグサのしげみの中にあったんだ」

かれがかかえていたのは、みどり色のガラスびんだった。それは厚《あつ》くて、風船の形をしており、首のところが長く、口にはへりがついていた。そしてコルクのせんがしてあり、針金《はりがね》でゆわえ、さらにろうでふさいであった。中は、それほど重くはなかったけれども、とにかくなにかがはいっていた。

「これね、イグサの中にうまってて、上には草がおおいかぶさってたんだ。だからぼく、ついふんづけて、どろんこの中におしこんじゃったよ。これ、洪水《こうずい》の時に流されてきて、水がひいたとき、イグサの中にとり残《のこ》されたんじゃないかな？　すばらしい形だよね」
だれもそれをあけるコルクぬきを持っていなかった。かれらは家に帰るまで待たなければならなかった。

子どもたちがグリーン・ノウにちかづくと、たくさんの人が立って、ものめずらしそうに庭の塀《へい》から家の中をのぞいているのが見えた。庭の車道は車でいっぱいだった。大きな窓《まど》をあけはなしたへやでおこなわれている、ビギン博士《はかせ》の委員会に出席中の考古学者たちの車なのだった。

ミス・シビラ・バンはこまりはてた顔をして外に立ち、まるで半ダースものロザリオに同時に話しかけているみたいに、ビーズのネックレスを指にからませていた。この人はいま、ぬすみ聞きをしていた。といっても、みんながじぶんのいうことを聞いてもらおうとしてむちゅうでしゃべっている場合に、外でそれを聞くことがぬすみ聞きといえるとしての話である。つまり、へやの中の会議《かいぎ》は大さわぎになっていたのだ。庭をこえて聞こえてくる声は、いやはや、とんでもないものだった。まるでとほうもない大声だけが、家の中のそうぞうしいざわめきをかきわけ、やっと外にとび出してくることができるといったふうだった。

アイダ、オスカー、ピンの三人は、ミス・シビラのようにおどおどしてはいなかった。いったいどうなっているのかしらと思って、ピクニックかごをおくと、ひらいた窓のほうへかけていった。

ほとんどぜんぶのお客さんが、顔をまっ赤にして立っていた。

「静粛《せいしゅく》に！　静粛に！」

と司会者《しかいしゃ》はさけび、片手《かたて》でテーブルをドンドンたたきながら、もういっぽうの手で白髪《はくはつ》をおしあげていた。めがねは下がってしまって、まるで役に立っていない。何人かの委員はかれにむかって大声でどなり、何人かはてんでに仲間《なかま》どうしでしゃべっていた。すでに音でいっぱいでもうなにも吸収《きゅうしゅう》できそうにない空気にむかって、むちゃくちゃに声をはりあげている人もいた。

「わたしは抗議《こうぎ》します！」

「けしからん！」

「すわってください！」

「権威《けんい》を傷《きず》つけるものだ！」

「なまいきなつくりごとだ！」

「こんどの歯科医学会議のためのいいかげんな広告《こうこく》にすぎん！」

「これまでりっぱな仕事がある人なんだから、ますますショックだ！」

「われわれのすぐれた司会者にたいする侮辱《ぶじょく》だ！」

ある紳士《しんし》は、非常《ひじょう》なショックをうけたというかっこうで手をふりかざしたひょうしに、ついほかの人の鼻めがねをはらい落としてしまった。相手とその紳士は、しばらくのあいだ、フォックステリヤのようなうなり声をあげて、にらみあっていた。また別《べつ》の人は、書類《しょるい》の束《たば》をしわくちゃにまるめて司会者のまえになげつけ、

「わたしは、やめる！」

とさけぶと、ひじでぐいぐいおしわけて、へやから出ていってしまった。

このあいだじゅう、モード・ビギン博士はじぶんの立場をゆずらず、すこしでもしずかになった時をねらっては、主張《しゅちょう》をくりかえしていた。

「この驚《おどろ》くべき真実は……混乱《こんらん》と興奮《こうふん》をまきおこすような考え方ではありますが……まだ実験《じっけん》室《しつ》でのテストをおこなう時間がなく……砂利《じゃり》の土地を調査《ちょうさ》する許可《きょか》をえることが早急に必要《ひつよう》であり……この家の玄関先《げんかんさき》に証拠《しょうこ》となりうるかもしれないものが発見され……どんなにありそうもないことでも、真実に直面するのがわたくしたちの義務《ぎむ》でありまして……」

しゃべりながら、モードは悲しいような気持ちになったが、すこしもひるみはしなかった。悪口をあびせられても、まったくおちついていた。ただだれかがすぐまえに進みでて、「モード・ビギン博士はぺてん師《し》だ！」とどなったときには、ビギン博士もほとんどわれをわすれ、「あなたこそばかなおいぼれじじいよ！」とこたえて、腰《こし》をおろしたのだった。

三人の子どもたちは、窓からいきおいよく拍手《はくしゅ》かっさいした。委員会の人たちは、はじめて子どもたちに気づき、じぶんたちを見物人とおなじように冷静《れいせい》に見ることが、できるようになったらしい。さわぎはしずまり、司会者は、会を無期延期《むきえんき》する、とおごそかに宣言《せんげん》した。それから司会者は出ていったが、ビギン博士のまえで立ちどまると、会の秩序《ちつじょ》をたもてなかったことをあやまった。

「科学への情熱《じょうねつ》がわきかえったのです、博士。ほんとにはげしくわきかえったのです」

ほかの人たちも身なりをととのえ、書類を整理すると、かれについて出ていった。つっけんどんにおじぎをしただけで女主人のまえをとおりすぎる人もいたし、あく手して、「あっちこっちで不作法《ぶさほう》なふるまいがあったこと」を、まるでじぶんだけはいくらか行儀《ぎょうぎ》がよかったみたいに、あやまっていく人もいた。オールド・ハリーはろうのように白い手を博士の肩《かた》において、うすくきびしいくちびるをもぐもぐうごかしながら、いった。

「モード、わたしはおもしろいと思ったよ。とても興味《きょうみ》を持った。しかしね、それは見こみがないよ。残念《ざんねん》だ。ちょっと証拠にとぼしいんだよ」

「証拠ですって！　これが証拠よ！」

モードは、とうとうおこって、テラックの歯をオールド・ハリーの鼻先でゆすりながら、いいかえした。

「これは巨人《きょじん》の歯です。わたしたちがいましなければならないのは、これが出てきた砂利の土地を見つけ、時代をはっきりさせることだけです。たしかに、これがこうしてほとんど完全《かんぜん》に残っていることは、わたしにもふしぎです。しかし、それが出てきた場所を分析《ぶんせき》すれば、せつめいがつくかもしれないのです」

オールド・ハリー氏《し》は首をふって、ビギン博士の肩をもう一度、軽くたたいた。

「残念だよ、モード。とても残念だ。だけどきみはとてもりっぱな態度《たいど》だったよ」

ビギン博士は、さっきから深い同情《どうじょう》といきどおりをこめてながめていた三人の子どもたちのほうをむいた。そしてウインクしてみせた。

「こういうことわざを知ってる？『見ようとしないものほど目の見えないものはいない』っていうの。とにかく、わたしはあのうちのひとりを『ばかなおいぼれじじい』ってよんだわ。いいたいほうだいいうって楽しいわね」

いっぽう、帰りがけに、お客さんたちは女主人にたいして不作法をはたらいたことをはじ、ミス・シビラにむかって、親切なもてなしと最高《さいこう》においしかった昼食のお礼を、熱心《ねっしん》にのべたてた。おいしかったのはほんとうだった。かれらはほほえみをうかべながらいった。

「いつまでもわすれられないようなごちそうでした」

そこでミス・シビラはへやにはいってくると、こういったものだ。

「さてと、モード。けっきょくのところ、とてもうまくいったんじゃないの。みなさまにお楽しみいただけたと思うわ。たぶん、午後はちょっと消化《しょうか》不良《ふりょう》だっただけよ。エビがとてもこってりしてましたからね。でも、もうなおったのよ」

14　月の女王の島

子どもたちは、みどり色のびんをこっそりあけるために、屋根裏《やねうら》べやへ持っていった。

アイダがいった。

「これは、海のまんなかで、舟《ふね》の人がなげたんだと思うわ。生《い》き残《のこ》った最後《さいご》の人が、お別《わか》れの手紙を中に入れてね。だけど、どうやってここまで流れてきたかはわかんないの。いくら潮《しお》がみちても、海岸からこんなに遠くまでは、はこべないものね」

「強い東風に吹《ふ》きたてられれば、川をさかのぼることができるかもしれない」

「でも、何百もの水門をとおらなくちゃならないのよ」

こういった瞬間《しゅんかん》、アイダは大声を出した。コルクのせんがぬけたのだ。

「手紙だわ。あたしのいったとおりでしょ」

アイダはくるくる巻《ま》いてある羊皮紙《ようひし》をひっぱりだし、床《ゆか》にひざをついて、ひろげようとした。ところがあまり長いあいだ巻いてあったためか、ローラー式のブラインドのように、すぐまたもとにもどってしまうのだ。ひろげておさえておくには、三人みんなの手が必要《ひつよう》だった。その紙は、むずかしくひねくった字がぎっしりと書いてあった。はじめのところに、ペン書きの絵と題が書いてあった。絵は大きな木にかこまれてひらけた場所にそびえたっている家のシルエットだった。満月が屋根のてっぺんで休んでいるように見えた。題は「月の女王の島」と書いてあった。

子どもたちはそれを、てんでに興奮《こうふん》したり、信《しん》じられないという顔つきをしたりしながら、声に出して読んだ。

「これを書いた人、はなれ島にすてられたんだわ」

とアイダはいった。しかしピンは細い指で絵をさしながら、いった。

「この家、ここの家のことだと思うな」

じっさい、そのとおりのようにも思えた。

驚《おどろ》いてしばらくぼんやりしていたあとで、アイダの頭はふたたびはたらきはじめた。

「このあたりにきっと『月の女王の島』という島があるんだわ。どこかこの家のむかい側《がわ》にね。そして満月のとき、この家が絵にかいてあるように見えるんだわ、そこからはね」

「それじゃあ、月が出てるときに行ってみなくちゃ」とオスカーがいった。

「中国の黄色い月、ちょうちんみたいな月」とピンはなつかしそうにいった。
「さあ、字のほうは、なんて書いてあるか読んでみましょう」

「これは、一六四七年、ペニー・ソーキーのピアース・マドレー牧師《ぼくし》が書きしるす告白《こくはく》であります。不幸《ふこう》にも、文明人のものの考え方とはひどくかけはなれたことを経験《けいけん》してしまって、わたくしの心はそのために、なやみ苦しんでおります。わたくしはこのことをだれかにうちあけて心の重荷をとりのぞきたいのですが、僧正《そうじょう》さまも、村の学識《がくしき》ある人も無《む》知《ち》な人も、その話を信じることができなくて、かえってわたくしを魔法使《まほうつか》いか狂人《きょうじん》にしてしまうでしょう。それでわたくしは、どうしてもうちあけられないのです。それでもなお、じぶんが見、その場にいあわせたことに関《かん》して、わたくしはだれかにこっそりうちあけないではいられません。そういう思いに、わたくしは日夜せめさいなまれています。そこでわたくしは、それを手紙に書いてびんの中におさめることにしました。そして、この土地をいまおそっているおそろしい洪水《こうずい》が、この告白を遠くまではこび、時がたって、幸いそれを信じてくださる方の手にはいるようにと、願《ねが》っています。そしてわたくしの生きているあいだに（もしこんな苦しみがつづけば長く生きられるはずはありませんが）、無知な人や悪意のある人の手にはいってはこまりますので、わたくしはこれをラテン語で書くことにしました。言葉はまちがっているかもしれません。なぜならわたくしは才能《さいのう》のない学者で、ラテン語がむかしから苦手なのです。しかしすべての言葉は真実です。そしてこのことをわたくしは神の御座《ぎょざ》のまえでちかいます」

「ふうっ、残念《ざんねん》だわ！　これだけしか読めないもの」とアイダはいった。

「その場所に行って、いったいなにが起こったのか、さぐることはできるよ」とピンが、いつもの小さな、かすかな声でいった。

「まちがいなく、何かとてもおそろしいことなんだ」

「月の光に照《て》らされた悪魔《あくま》」ピンはおもしろくてたまらなさそうにほほえんだ。

アイダはまだ声に出して考えていた。

「飛馬島がここのちょうど反対側にあるわ。でもこの牧師さんがあれにそんなにおびえたはずはないわね。そりゃあ、あれはこのあたりにすんでることにはなっていないけど、あんなのだったらだれでもすてきな秘密《ひみつ》だと思うでしょ？　あの島のむこうに、もうひとつ島があるわ。そこから、あたしたちの家が見えるかもしれない。とにかく、あした行ってみましょうよ。あしたは満月よ。今夜、何時に月が出るか見ておくのよ。あしたの月の出はそれより四十分おくれるんだから」

つぎの日の朝早く、まだ月がしずむまえの、なにをするにもへんな時間に、子どもたちは飛馬島の北の島へと出かけた。そこからグリーン・ノウが見えるかどうかをしらべるためだ。驚いたことに、グリーン・ノウは見えなかった。木の列のうしろにかくれて、家のそばのイチイの木さえ、はっきりとは見えなかった。ちかくにいるとあんなにどうどうと空にそびえ、石づくりのかまえであたりを圧《あっ》しているように見える家が、一キロたらずはなれるとまったく姿《すがた》を消してしまうなんて、信じられないくらいだった。子どもたちはいっしょうけんめい目をこらしてさがしたが、むだだった。

アイダがいった。

「ここではないのね。昼間見えないものが、夜見えるはずはぜったいにないもの。だけど、もしその絵の家がグリーン・ノウだとすれば、あたしたち、やっぱり今夜外に出て、お月さまがほんとうにちょうど屋根のてっぺんをとおるかどうか、観察《かんさつ》しなくちゃね。たぶんとおらないでしょうけど。グリーン・ノウのちかくでおそろしいことが起こるなんて、想像《そうぞう》できないもの。

たしかにたいそう古い家だけど、避難場所《ひなんばしょ》みたいな、なんだかたよりになる感じがする家ですものね」

オスカーがいった。

「グリーン・ノウだって、世界のはじめからここに建《た》っていたわけじゃない。かわいそうなピアース・マドレーさんをおびえさせたものは、この家よりも古くからあったものじゃないかな。なにかとても古くて、わけがわからないようなものなんだ。夢《ゆめ》の中に出てくるおそろしい、いやなものみたいにね」

かれらの計算によると、月は十一時に上がり、真夜中に家の上にくるはずだった。子どもたちがこっそり家を出たとき、モード・ビギンのへやにはあかりがついていた。

「おばさんはまだあの歯のことを考えてるんだわ。あたしたちの足音なんかに、気がつきゃしないわよ」

外は、もし街灯《がいとう》や自動車のヘッドライトがちらついていれば、かえってはっきりと暗く感じられたかもしれない。じっさい地上は暗やみのかたまりにおおわれていた。だが、空はもう、月が地平線のすぐ下までさしかかっていることに気づいていた。そしてその光をうけとめ、それを川にリレーしていた。平底舟《ひらぞこぶね》から見ると、世界は、水銀をひろげた上に大きなまっ黒いかたまりがはり出したように見え、しずかな、おちつきはあるが、なにか見たことのないものに感じられた。昼間だとはっきりしている、物と影《かげ》との区別《くべつ》も消えてしまっていた。すべてのものがおなじように黒く、おなじように濃《こ》くなって、たよりなく空にうかぶ雲のようにただよっていた。だから、平底舟が影のうつっているところを進むときも、それに衝突《しょうとつ》しないでとおりぬけられたとき、はじめてそれが影だったとわかるのだった。川の水——といっても、目に見えるかぎりでの水面のことだが——は、黒ずんだかたまりのあいだをくねって流れていた。そのかたまりは、手を出しておしのけようとすると、もうそこになかった。しかもつぎの瞬間、ひくくおりてきて、すっぽり舟をつつんだり、だれかの髪《かみ》の毛《け》をひっぱったりした。子どもたちがじゅうぶん知っているはずの川の流れだが、まるで外国語のように神秘的《しんぴてき》だった。川がそこにあること、じぶんたちがその上にいること、そしてそれはじぶんたちのよく知っている川であることを納得《なっとく》するには、たえずかいを水につけていなければならなかった。

ついに銅色《どういろ》のもやが見えだし、それからまっすぐな地平線に月が出て、小さな家々のむこうへ、大きなオレンジ色のビーチボールのようにころがり出した。子どもたちはもううっとりとしてしまった。月の光だけでも、ハッと息をのむような美しさだった。アマゾン川でもこれ以《い》上《じょう》の冒険《ぼうけん》は味わえなかっただろう。

姿を見せだしたとき、月はまるでとびあがるようで、そのうごきがはっきりとわかった。だがひとたび空にうかんでしまうと、まるで時間をわすれたようにうごかなくなってしまった。子どもたちはすっかり月の魔法にかかり、その大むかしからの自然のままの光の中で起こることは、すべてが正しい調和をたもっているように感じていた。かれらはただ、月がじぶんたちの寝室《しんしつ》の屋根のてっぺんに腰《こし》をすえる魔法の瞬間を見のがしはしないかと、心配していた。かれらは家のちかくのまっすぐな流れの上を、なんどものぼったりくだったりして、かいをこいでいた。

ふいにアイダがさけんだ。

「わかったわ！　グリーン・ノウだって島の上にあるじゃない！　あれはここで起こったのよ」

かれらは平底舟をボート小屋につなぐと、こんどというこんどは手をとりあって、こっそりと芝生《しばふ》にひきかえしていった。グリーン・ノウは、じっさい、とてもきみょうに見えた。太陽がかがやいているときは、みんなまぶしがって、それから目をそらせる。だが月は、見る人の目も心も空のてっぺんまでひきよせる。そのため、木や建物《たてもの》は逆《ぎゃく》に小さく見えることになる。

グリーン・ノウも小さく見えた。が、同時に、たいそういかめしくも見えた。親しみやすい、むかしのおとぎ話のような感じが消えて、いまはなにかもっと古めかしい、おそろしいほどのものにかわって見えた。

かれらは、月の光をあびて平らに見える庭のようすには気づかないで、家の姿に心をうばわれていた。骨《ほね》のように白い壁《かべ》には、木の葉の影《かげ》が、砂《すな》の上のひき潮《しお》のあとのように、波うってからみあったしま模様《もよう》をつけていた。家はヤナギ細工《ざいく》のかごのような、きみょうなかっこうに見えた。屋根の波型《なみがた》のでこぼこも、やはりヤナギ細工のようだった。太陽の下では、グリーン・ノウはいつも地面にどっかとすえられているように見えるのだが、いまかれらのまえにぼんやりとうかんでいるその姿は、地面から生えて出て、軽くとびあがりそうなようすであった。窓《まど》はひとつも見えなかったが、家ぜんたいがほのかにかがやいて見えた。この家の壁は一メートルもの厚《あつ》さの石でできている。だがアイダには、まるでイグサを編《あ》んでできているような気がした。もしそうだとすれば、家の中はそのぶんだけひろくなっているわけだ。そして、二階や屋根裏べやなんぞはないはずで、このような家が建てられたことじたいがふしぎに思え、どうしてもこれは大寺院《だいじいん》のようなものだと考えざるをえなかった。

ピンがいった。

「へんだと思わない？　月の光が、まるで家ぜんたいをすきとおってるみたいだ」

「あれはイグサでできてるんだよ」とオスカーは、まるでそれが当然のことのようにいった。

月はたこのようにぐんぐんあがっていた。もう木々のこずえをはるかにこえ、ななめになった屋根の上をうごいて、てっぺんちかくにさしかかっていた。絹《きぬ》のような雲が流れて、月を出むかえた。

子どもたちは、地面にのびている家の影の先端《せんたん》にちかづいていった。

とつぜん、頭の上のつめたい光と、足もとの暗やみとが、かれらを夜のようにかぎりない恐怖《きょうふ》の気持ちでみたした。三人ともおなじことを考えた――月の催眠術《さいみんじゅつ》にかかってしまい、用心することをわすれていた！

その瞬間、かれらは、目の前に異様《いよう》なものが立っているのに気づいたのだ。それは家の影のてっぺんに立って、かれらがいましがた見ていたのとおなじように、家のてっぺんをじっと見つめていた。その黒いものは、背《せ》が高く、そまつな外套《がいとう》をはおっていた。そして頭は枝角《えだづの》を生やした牡鹿《おじか》のようで、足は人間とおなじだが、ひょろ長くて、素足《すあし》だった。

子どもたちは地面にうずくまって、いちばんちかくのやぶまであとじさりし、そこからキツネのように外をうかがっていた。気味の悪いしずけさの中で、三人はおたがいの歯がカチカチ

鳴るのを聞いた。その音があまり大きいので、かれらは見つかってしまうのではないかと思ったが、どうしようもなかった。しかも、おそろしい夢の中の音とおなじで、その音はどんどん大きくなっていった。それは影をゆさぶり、あたりにあふれるように思えた。いままではそこになかったものを、ゆさぶりだし、姿かたちのあるものにしてしまうようにも思えた。

と、まさしく、白いミルクがまじったような暗やみから、鹿の角と、うごくと肩《かた》の上でひらひらする皮とを身につけた、影のようなものたちが姿をあらわした。めいめいが槍《やり》を持ち、月にむかってなんどもとびあがりながら、それを高くふりかざした。月への忠誠《ちゅうせい》をちかうこの儀式《ぎしき》は、完全《かんぜん》なしずけさの中でおこなわれた。ただ、とびあがるのがはげしくなるにつれて、なにかガタガタいう音がしだいにはげしく鳴った。その音は、はじめは子どもたちの歯のカチカチという音から生まれたようだったが、いまではまるでかれらと関係なく、とてもおそろしいひびきを持って鳴っていた。

いっぽう、牡鹿の角をつけた隊長《たいちょう》は、霊感《れいかん》をえた魔法使いのように、力強く、じっと立ちつくしていた。

月がやくそくの玉座《ぎょくざ》にやってきて、こうこうと、おごそかにかがやくと、隊長はオオカミのように長いさけび声をあげ、とつぜんおそろしい無言《むごん》のおどりをはじめた。角をつけた部下たちもいっせいに儀式のおどりをはじめ、あいかわらずつづいているおそろしい、規則的《きそくてき》にガタガタいう音に合わせて、足をふみならし、隊長のまわりをまわった。それはタンバリンやひょうし木のような原始的な楽器《がっき》を思わせた。それはまた、追跡《ついせき》や、死や、枯《か》れたアシの草むらのざわめきを思わせた。おどっているものたちのうごきや身ぶりは、ものすごくおそろしかったが、隊長のほどではなかった。隊長は恐怖そのものだった。ほかのものたちは、なにか劇的《げきてき》でせつめいのつかない、内からわきあがってくる力にかりたてられて、おどっているのだった。まっ青な顔をした子どもたちまでが、手足がひきつってひとりでに足ぶみをし、どうにもそれがやめられないようだった。

　こういう状態《じょうたい》は、月が家の真上をとおりすぎ、ひとりになって、こうごうしく空を支配《しはい》するまでつづいた。と、こんどは、おどっていたものたちは鹿皮を頭からぬぎ、マントのようにひっかけると、ぐるぐるまわりながら、つき進みはじめた。子どもたちは、かれらが、侵入者《しんにゅうしゃ》に復《ふく》しゅうするための儀式がおわるのを待って、じぶんたちのほうへまっしぐらにおそいかかってくるように感じた。かれらは槍がとどくところまでちかづいた――が、そのまままっすぐにとおりすぎると、川岸のほうへむかっていった。そのおそろしい瞬間、子どもたちは、野蛮人《やばんじん》らをまぢかに見た。顔は黒と白のしま模様にぬり、手は赤くぬっていた。子どもたちはまた、寒々とした光の中で、がい骨《こつ》のようにガタガタと鳴ったあの音の正体がきらりと光るのを見た。その狩人《かりゅうど》たちは、首のまわりに、きばや角や歯のじゅずをつけていた。それが、かれらのうごきにあわせてゆれ、ぶつかりあったのだ。それはそんなに遠くまでとどく音ではなかった。だが、沼地《ぬまち》でねむりからさめたばかりのするどい耳には、死者の歯のふれあうその音が、危険《きけん》の最初《さいしょ》の知らせとして聞こえたにちがいない。

狩人たちは子どもたちのそばを走り、いまにもつきあたりそうだったが、先頭のものが気づかずにとおりすぎると、残りのものも動物の群《む》れのようについて行ってしまった。かれらはカヌーに乗りこんだ。その音から考えて、カヌーはすぐちかくのイグサのしげみの中にかくしてあったらしい。かれらのかいの音は、急速に川を遠ざかっていった。すると、バンが真夜中というのに大きなさけび声をあげて逃《に》げ、野ガモがびっくりしてのどのつまったガーガー声をあげ、ぐるぐるまわりながら飛《と》び上《あ》がった。

子どもたちは注意深くやぶをかきわけ、かくれていた場所からはい出た。かれらは、舟と、立ったまま乗っている狩人たちを見たいと思って、川を見おろした。しかしいま、月はむら雲に出会い、姿をかくしていった。そのため、刻一刻《こくいっこく》と、なにもかもがぼんやりかげっていった。ぞっとするようなつめたい風が、子どもたちの首と耳のうしろから吹きつけ、川ぶちと広い牧草地との草や木の葉を、サラサラと鳴らした。

子どもたちは、真夜中、地球や月がある以前からそこにあり、これからもずっと長くあるだろうと思われる空、その空の下に、三人だけで立ちつくしていた。すべては過《す》ぎ去《さ》る、という新しい経験を味わったこの苦しい瞬間に、安眠をさまたげられたアオサギがうなり声をあげた。子どもたちは、ぎょっとして、たがいにだきあった。そのひょうしに、やっと口がきけるようになった。

「あたしたち、どこへ行ったらいい？」とアイダがきいた。「いま、あたしたちの行くところはどこなのかしら？」

「あそこをちょっとのぞいてみることくらい、だいじょうぶだと思うけど――あの……編んだ家をさ」ピンが、こんどばかりはおずおずといった。

「ぼくたち、世すて人のバスの運転手と仲間《なかま》じゃないか。あの人は以前に、このあたりのどこへだって行ってたよ」とオスカーがいった。「いや、それにいつだってだよ、ね。だからぼくたちだって……。でも、ぼく、川を行きたくはないな。もうたくさんだもの。ぼくたち、もうほんとうに難民《なんみん》になっちゃったんだ」

それでもかれらは、知らぬ間に家のほうにむかっていた。「編んだ家」とピンがよんだあの家である。ほかにいったい、どこに行くところがあるだろうか？　その家のぼんやりした影ぼうしの上では、雲が、上側を銀色でふちどられてうかんでいた。そこへとつぜん、目もくらむダイヤモンドのような白いかがやきがあらわれ、つづいて月が出てきた。月はまわりの雲をふりおとし、まんまるく、歌のしらべのようにかがやかしく、空の中央にうかんだ。

その美しい光の下で、グリーン・ノウはふたたび、おだやかで、おもおもしく、夢見るような姿をあらわした。そのまわりには、いつものように、やぶや木々が月光をあび、注意深く間あいをとって立ち、そのうしろにはシンデレラの舞踏会《ぶとうかい》のドレスのひだのような影がのびていた。

子どもたちはうれしくなり、ほっとして息をついた。そして、目に見えるものをしっかりと見すえ、ふたたびどこかへ見失《みうしな》ってしまわないように、だいじに心にあたためながら、ゆっくり家のほうへ歩いた。

その夜、三人はおなじベッドでねむった。なぜって、オスカーもいったとおり、「もうたくさん」なほどのことをかれらは経験したのだ。ピンは、アイダとオスカーとのあいだに与《あた》えられたせまい場所にもぐりこみながら、最後にこういった。

「あいつたち、シビラおばさんとおなじくらい、ビーズをつけてたよ、ね」

そしてひとりで笑《わら》った。

朝食のとき、アイダはオートミールを食べながら、三人であらかじめとりきめておいたとおりに、こうたずねた。

「モードおばさん、小枝を編んでつくった大寺院なんて、まえにあった？　つまり、石器時代のころに」

アイダはまるで、「むかしの人もハチミツを食べた？」ときくくらい、なにげなくきいた。

ビギン博士《はかせ》は、ひと口ほおばり、ページをめくってから、いつになく口数を多くして、こたえてくれた。

「いまでもいくつかあります。ボルネオとかペルシャ湾《わん》のようなところには。すくなくともつい最近までは、ね。ちかごろは文明があんまりはやく進むから、とてもついていけやしない。でもたしかにいえることは、このあいだまではちゃんとあったってことよ。もしそれからあとでこわしてしまっていないならね」

「ほんと！　大きさはこの家くらいある？」

「こんなに大きいはずはないけど、大きく見えるかもしれないね。だってまわりにあるどんな家よりも、けたはずれに大きいんだから。考えられないくらい大きく見えるわね。いや、じっさい大きいのよ。そういう材料《ざいりょう》でそれより大きいものはきっとつくれないでしょうからね」

「ほんとう！　どうもありがとう」とアイダはまた、なんでもないことのようにおとなしくいった。

だがすこししてから、アイダはもう一度、思いきってたずねてみた。

「石器時代の人は、お月さまをおがみますか？」

「え？　そんなこと、どうしてわたしが知ってる？　だけどとてもありそうなことね。月は狩りの女神だし、魚類《ぎょるい》の保護者《ほごしゃ》なんだから」

ふいに、思いがけなくミス・シビラが話にくわわった。興奮してビーズをガチャガチャ鳴らし、顔を紅色《べにいろ》にそめながら、ミス・シビラはこんな歌を朗読《ろうどく》したのだ。

清らかな、うるわしき、天の狩人よ、
すでにはや、太陽は眠《ねむ》りにつけり――
きみはいま白銀の玉座につきて、
今宵《こよい》も輝《かがや》き、世界を見おろせ。

いいおわって、シビラ・バンはくちびるをポンととざした。

オスカーとピンは、神さまのおつげを聞くときのように、シビラおばさんを見つめた。

「きみはいま白銀の玉座につきて」と、ピンはそっとくりかえした。するとオスカーがつづけた。

「今宵も輝き、世界を見おろせ」

ミス・シビラはかれらに気に入ってもらって、ますます赤くなりながらいった。

「アイダはこの詩を知らないの？」

「知ってるわ、シビラおばさん。『こうこうとてりわたる、月の女神よ』ってつづくんでしょ？　あたしすきよ。『こうこうとてりわたる』なんて、とっても新鮮《しんせん》だわ。はさみですっぱり切ったみたい。まるでお月さまが空を切ってるみたいよ」

ビギン博士がいった。

「あんたたち、三人とも、寝床《ねどこ》の中で月といっしょに寝てたみたいだね。シビラ、あなたもよ。あなたがそんなに詩人だってこと、ちっとも知らなかったわ」

「ゆうべはとってもロマンチックだったのよ。だからとっても、なんていえばいいのかしら、そう、とってもわくわくした気持ちになったの。芝生でダンスをしたくなりましたよ」

ビギン博士は、ミス・シビラをからかってやりたくてしようがなく、アイダに目くばせした。

しかし子どもたちは笑っていなかった。かれらはもの問いたげな、驚きでいっぱいの目で、ふとったシビラ・バンと、そのビーズの首かざりを見つめていた。

15 道化になったテラック
――おとなっていうものは――

夏休みが毎日こんな冒険《ぼうけん》の連続《れんぞく》になろうとは、だれだって予期《よき》していない。アイダとオスカーとピンは、することがなくなったり、たいくつしたりすることは、まったくなかった。あたりまえの楽しみならたくさんあり、まったくおなじということはないとしても、なんどかくりかえすことができる。だがほんとうの冒険というものは、けっして二度とくりかえすことができない。そういう冒険を子どもたちはしたのだった。

休みのおわりがちかづいたある日のこと、ピンはミス・シビラのかごを持って村のバスの停《てい》留《りゅうしょ》所まで送っていき、それからひとりで帰ってきた。かれがなかなか帰ってこないので、アイダとオスカーは待ちくたびれていらいらしていた。ピンはすっかり興奮《こうふん》していた。そのため、ふたりに村のニュースをなかなかうまく伝《つた》えられなかった。

「ずいぶん時間がかかったのね」とアイダがいった。

「うん。今までいろんなことしてたんだ。ところで、ペニー・ソーキーでサーカスがあるんだよ」

「でも、そのときはもう、あたしたちここにいないのよ。さあ、急いで行きましょう。きょうが川にいる最後《さいご》の日なんだから」

ピンは、せっつかれても動じないで、また話しはじめた。

「ぼく、店でポスターを見たんだ。サーカスは今夜はじまるんだよ。だから行こうと思えば行けるんだ。ポスターにはね――アイダ！　聞いてくれないの？」

「歩きながらでも話せるでしょ」

アイダはオスカーとボート小屋にむかってどんどん歩きながら、いった。

ピンは追いついて、ふたりの先にまわり、おどりながらあとじさりして、なんとか聞いてもらおうとした。

「すごいんだよ。だいじなことなんだ。ポスターにはね、

新人大スター
巨人《きょじん》テラック出演《しゅつえん》

って書いてあるんだ」

「えっ！」

アイダとオスカーは、持っていたものをぜんぶバタンと落とし、その場に立ちすくんでしまった。

ピンはいった。

「かれはやったんだ。テラックはほんとうにサーカスの道化《どうけ》になったんだ。だからぼくたち、ビギン博士《はかせ》を連《つ》れていって、かれを見せたげなくちゃ。ぼく、店で車から箱をいっぱいおろすのをてつだってあげたんだ。だからこんなにおそくなっちゃったのさ。それでぼく、お金をすこしもらったよ。店の人たち、人手がたりないんだって。それで、ぼくたち三人が行っててつだえば、ビギン博士をお礼にサーカスへ招待《しょうたい》するくらいのお金ができるんじゃない？　そうすれば、おばさんだってこなきゃならなくなるよ」

ピンはビギン博士の心をとても正しく理解《りかい》していた。博士はサーカスなどに興味《きょうみ》はなかった。せいぜいのところ、遠いむかしの見せものや競技《きょうぎ》の生《い》き残《のこ》り――もちろんすごく退化《たいか》した生き残りだが――として、関心《かんしん》があるだけだった。しかし博士は、子どもたちのお礼の気持ちがうれしく、かれらから招待されると、とうとう行く気になってくれた。それに博士は、おりよくとてもきげんがよかった。というのは、さいごに計ったとき、アイダの背《せ》たけが二センチたらずのびていたからである。もちろんミス・シビラは、それはあの古いばかげた草の実なんかのせいではないといいはった。子どもたちが食べたおいしい食べものと新鮮《しんせん》な空気のおかげだというのだ。ふたりの婦人《ふじん》はこの問題について口げんかをし、かげで悪口をいいあった。その結果《けっか》、ミス・シビラはサーカスに行くことをことわってしまった。おそろしい男があわれなトラをいじめるのは見るにしのびない、というのである。ちょっとかわった見方だが、まったく正しい意見であった。オスカーにはよくわかった。うちまかされ、牢屋《ろうや》に入れられ、いかりくるっている、なにものをもおそれないかれのおとうさんの姿《すがた》を、そのトラはあらわしているのだ。

男の子たちはカヌーをもう一そう借《か》りて、それぞれ、ビギン博士とアイダを乗せた。ところが博士ときたら、たいそううまくカヌーをあやつることのできる人だった。かいをこぐとき、博士はものすごい声を出した。博士はかつて探検旅行《たんけんりょこう》をしたとき、現地《げんち》の人たちが調子をあわせるために、こんな声を出すのを聞いたことがある、といった。ただ、その土地の人たちは立ったまま、こぐそうだ。オスカーとピンは、こんどのはまじめなおとなの旅だと思っていたので、カヌーの中ですわっていた。だがいまや、博士のせつめいを聞いていさみたち、立ちあがってこぎだした。もちろんピンだって、まえからなんども立ったままこいだことがあり、ずいぶんうまい。ビギン博士はみじかいほえるようなさけび声をあげて、かれらをせきたてた。そこで二そうのカヌーは必死《ひっし》で競争《きょうそう》した。オスカーとピンがふたりともまっさかさまに水の中に落ちないのがふしぎなくらいだった。ところがビギン博士は、かれらが落ちようと落ちまいとぜんぜん気にしていないようだった。だからきっと落ちなかったのだろう。子どもたちは、博士がいままでずっといっしょに川の冒険をしてくれたならよかったのに、と思いはじめた。博士はいつもジャングルや沼地《ぬまち》のことを考えていて、「そうれ、こいで！」とさけぶとき、小人のピグミー族や南米のインディアンに命令《めいれい》している気持ちなのかもしれない。そういう人といっしょにいるのは、とても刺激的《しげきてき》だった。かれらは、博士が仲間《なかま》に入れてやる価値《かち》のあることに気づかなかったことを、もうしわけなく思った。ピンは、このまえ、頭の上の枝《えだ》に寝《ね》そべっていた黄色いネコのことを思い出した。そいつを見て、かれはトラを見るような気がしたものだ。だがもしビギン博士がいっしょだったら、そのネコはほんとうのトラになってしまっていたかもしれない。

しかしながら、しばらくすると博士はまた大声でいった。

「もっとのんびりやってよ、ねえ。わたしはおばあさんだから」

そういって博士は、タバコをとり出すのだった。

アイダと少年たちは、川水をひきこんだひろい牧草地《ぼくそうち》にくるまで、こいでいった。はるかむこうに、ブランコや、トラクターや、トラックや、いろいろなサーカス車などにかこまれた、大テントの屋根が見えてきた。

ビギン博士はタバコをふかしながら、テントがすてきだといった。

「テントは編《あ》んだ家とおなじくらい古くからあるのよ、きっと。わたしがこのまえ主張《しゅちょう》した巨人《きょじん》ね。あれがわたしたちよりずっとまえのものだとして、そのまたずっとまえの遠いむかしからあるの。そうなんだわ！　遠いむかしからよ。それに道化役もね。むかしから、三人ひとがいれば、ひとりはかならずおどけ役なんだから」

もう口をとじていることができなくなって、アイダがたずねた。

「なぜ、道化役はいつも小さいの？　もしそのうちのひとりが巨人だったらどうかしら？」

三人の子どもたちの目は、興奮して、電流が走ったようにきらめきあった。なぜって、モード・ビギンはこれからなにを見るのか、まだぜんぜん気づいていないのだ。博士は、アイダの子どもっぽい質問《しつもん》にはばかばかしくて返事《へんじ》もできないとでもいうように、口の中でなにかつぶやいただけだった。しかし子どもたちは、まるでこのおばさんが、「巨人を一度でも見られたら、目がつぶれてもいいわ」とでもいったように、大よろこびした。かれらは、おばさんのつぶやき声がまもなくまったくちがった調子のものになることを知っていたのだ。

サーカスにちかづくにつれて、野性的《やせいてき》で原始的だとだれにもわかるざわめきが、川にそって聞こえてきた。いくつかの蒸気《じょうき》オルガンがものすごく大きな音を出していた。騒音《そうおん》は両耳をひきさくようだった。耳が聞こえなくなるくらいやかましかったが、胸《むね》がわくわくしてきた。ガチャガチャ鳴る音と、ブランコやココナツなげの見せものによびこむ人たちのさけび声にまじって、ときどき、おこったジャングルのほえ声やネコのけんかのように無気味《ぶきみ》なうなり声がした。

こういうものぜんぶとはなれたところで、男の人が三頭のゾウを一列にならべてひきつれながら、牧草地をよこぎってしずかにこちらへやってきた。子どもたちは、ゾウは水を飲みにきたのだと思った。そしてサーカスの予告編《よこくへん》がすぐそばで見られるというので、大よろこびだった。かれらはゾウのほうへこいでいった。だが飼育係《しいくがかり》の人が大声をあげ、手でさえぎるかっこうをした。ビギン博士も、「もっとむこうの岸につけなさい！」ときびしくいった。

岸につくと、子どもたちはカヌーに乗ったまま、ヤナギの枝につかまって見物した。ゾウはブタのようにブーブーいいながら、川の中にはいってきて、からだを水にしずめた。すると、カヌーがひっくりかえりそうになるほどの波がおこった。もちろん、これは子どもたちがいままでに見たうちでいちばんすばらしいジャングルの光景《こうけい》だった。そしてかれらはつぎからつぎへといろいろな光景を想像《そうぞう》したので、サーカスから聞こえてくる騒音でさえ、ほとんどわすれていたほどだった。ゾウは水の中で、ゆったりと、あらゆるかっこうで、寝そべったりころがったりしていた。ときには、大きなまるい足だけしか見えなかった。またときには、とがったひたいの先か背中が、どろ水のさざ波をかぶった岩のようにつき出てから、ふたたび見えなくなった。また、島のように大きな胴体《どうたい》がつき出ると、川はふたつにわかれ、まるで山につきあたったときのように、そのわきをずっと遠まわりして流れた。一度、潜水艦《せんすいかん》の通風筒《つうふうとう》のような鼻の先が、カヌーのすぐちかくへやってきて、アイダのそばにあらわれた。それが顔のない笑《わら》っている口のように空中を舞《ま》うと、つづいて、平らでしわのよった横顔がひょっこり出てきた。それから小さなユーモラスな目がひらき、アイダのほうをのぞき、ウインクして、またもぐった。そのとき、水は大きく、だがやわらかくうねり、そのあおりでカヌーはゆれた。飼育係がよぶと、ゾウたちは、いやいや親のいうことをきく子どものように、ゆっくりと岸のほうへ歩いていった。川から出ながら、背中に水を噴水《ふんすい》のように吹《ふ》きかけ、もう一度あらわなくちゃならなくなるように、またどろの中でころげまわった。それからかれらは、おかしなしっぽをふりまわし、鼻を元気よくぶらんぶらんさせながら、一列になって仕事へともどっていった。このころまでに、たくさんの子どもがサーカス場から走ってきた。ゾウにあげるカンパンを持った運のいい子もいたが、ゾウはそれをうけとって口に入れるときにちょっとほほえむだけで、別《べつ》にありがとうという顔も見せないでとおりすぎた。

遠くで太鼓《たいこ》がなりはじめ、男の人がメガホンでさけんだ。

「さあ、さあ、いらっしゃい！　さあ、いらっしゃい！」

四人は流れを下り、舟《ふな》つき場《ば》へと急いだ。とちゅう、サーカス車や移動小屋《いどうごや》のそばをすぎたが、オスカーは特別《とくべつ》背の高い、新しい布《ぬの》の幌《ほろ》をつけたトラックに気がついた。

「ごらんよ！」

かれは指さしていった。ゾウとサーカスのさわぎにむちゅうになっていて、じぶんたちがわざわざなにを見にきたのか、ちょっとわすれてしまっていたアイダとピンは、ふいにうれしさがこみあげてきて、息が止まりそうだった。

「あれが、きっとあれだ！」

このときから、かれらはみんな大さわぎになった。カヌーをつなぐと、急いでとびおりて、ビギン博士をせきたてた。博士は三人がこんな赤んぼうだとは知らなかったとでもいうように、いぶかしそうな顔をしてかれらを見つめた。しかし博士は、ポケットからかんを取りだし、こういっただけだった。

「あめ玉をおあがり。気がおちつくから」

かれらはリングのそばのよい席《せき》をとって、すわると、ロープがギーギーいう音や、天井《てんじょう》さじきのまわりにかざってあるホタテ貝のカラカラとなる音や、はいってくる人々のがやがやというざわめきに、耳をかたむけていた。やがて楽隊《がくたい》が中にはいってきて演奏《えんそう》をはじめると、ほかの音は聞こえなくなってしまった。

道化役がかけこんできてショウがはじまったとき、子どもたちはすっかり興奮して、顔をかがやかせていた。道化たちは、つぎからつぎへと、車輪乗《しゃりんの》りやとんぼがえりをし、「エイヤッ！」とさけび声をあげ、ズボンをふんづけてつまずいたりした。しかし、かれらはみんな小人ばかりだった。かれらがかけて出ていってしまうまえに、馬がはいってきていた。羽かざりをつけ、手綱《たづな》もつけ、まるい目をして鼻を光らせ、騎手《きしゅ》なしで芸《げい》をした。とんだり、はねまわったりして、おがくずや、泡《あわ》のような汗《あせ》をはねとばしていた。つぎに、道路をならす蒸気ローラーのようにゆっくりと、ゾウがはいってきた。気高《けだか》く、かしこく、やさしく、ゆかいで、なんでもできる頭を持っているゾウたちに、アイダはすっかり感心した。しかしゾウ使いたちの考えることといえば、ひくい木の台の上でさか立ちさせるくらいのことだった。それを見ているのはつらかった。それから、いちばん大きいゾウにバスのような色をぬった布がかぶせられた。それはおもちゃのバス停のそばで停車させられ、全部の道化がその背によじのぼったり、とび乗ったりした。そしておたがいに、ズボンのしりのところにつかまったり、耳やネクタイをひっぱりあったりして、どうやら全員が乗ってしまった。いちばん最後の道化は、とび乗るときに、すずをつけたゾウのしっぽをひっぱって、ゾウを発車させた。ゾウは鼻で自動車のらっぱを持ってプップーと鳴らしながら、のっしのっし歩いた。

こういうさまざまな見せものを見て、子どもたちはほかの観客《かんきゃく》といっしょに大笑いした。しかしテラックを待ちかねていらいらしているかれらの気持ちは、すこしもしずまらなかった。学校で劇《げき》をやったことのあるアイダは、テラックが二、三日しか下げいこをしていないことを知っていた。たぶんかれは、つけたしの出しものなんだろう――この巨人を見るために五ペンスの別料金《べつりょうきん》をはらわなければならなかった。あたしたちはもうすっからかんなのだ。こう考えると、アイダはいろいろな出しものを見ても、なんだかつまらなくなってしまった。出しものの中には、中国人のアクロバットもあって、かれらが空中をとんだり、鳥のように軽く仲間の肩《かた》の上におりたりすると、ピンはむちゅうでほめたたえた。ふたたび馬が出、それからライオンが出た。つぎからつぎへと、いろんな出しものが出た。だがテラックはまだだった。ある男の芸人は、ころがっているボールの上に立ち、ひたいの上にいすを一本足でのせてバランスをとり、タイツをはいた女の人をよぶと、よじのぼってそのいすにすわらせた。これはおわりまでとてもゆっくりとしんちょうになされたので、子どもたちはいらいらして気がくるいそうになった。

とうとう、道化たちが恐怖《きょうふ》におののいたサルのようにしゃべりながら走って出てきて、うしろの入り口の通路を指さした。子どもたちはまっさきにテラックを見て、とびあがり、手をふって、さけんだ。

「きたよ！」

かれらの声は場内の驚《おどろ》きの声に消されてしまった。

テラックはチェックの半ズボンと、おまけにキルト（スコットランドの男性《だんせい》が着用する巻《ま》きスカート）をはき、ビロードの上着を着ていた。そしておかあさんのバグパイプをこわきにかかえていた。かれは赤いあごひげと、髪《かみ》の毛《け》と、つけまゆ毛で、変装《へんそう》していた。くつはかれの足の四倍も大きく、キルトにつけた下げ皮袋《かわぶくろ》はクマの子ほどの大きさだった。かれがまるでかれらしくないことは、アイダにとってショックだった。しかし目と、歩くときのかっこうは、まさしくテラックだった。アイダは、一秒間でもかれから注意をそらすことはむずかしかった。だがまた、モードおばさんがどういうふうに感じているかも見なければならなかった。ビギン博士は舞台《ぶたい》のすぐわきにすわっていた。背中をまるくして、胸をだくように腕組《うでぐ》みし、感じのよい、しわのよったサルのような顔をして、まるでおばさん自身も芸人のひとりみたいだった。博士は黒いよくうごく目でじっと見ていたが、ほかの見せもののとき以上《いじょう》の興味をしめしてはいなかった。ただじっとあめ玉をしゃぶっているのだ。

テラックは、大きいという点を別にしても、舞台でどうどうと見せる才能《さいのう》を持っていた。もっとも、最初《さいしょ》にあらわれたとき、みんなを驚かせたのはかれのこの大きさだった。しかし、みょうなことに、かれはこれまでいやいやながら人からかくれて生活してきたのだが、人々はひと目かれを見ると、もうほかのものを見ることなどできなくなってしまった。かれはどんなばかばかしい小さなうごきでも、こっけいで愛《あい》らしく見せる天才だった。観客はかれを見て熱《ねっ》狂《きょう》し、拍手《はくしゅ》かっさいした。するとかれは、なげキスを送り、じぶんの手と手であく手をしてこたえた。かれのとほうもなく大きな目は、こんなにおおぜいの人といっしょにいるうれしさで、まわりにいっぱいしわがよっていた。かれがそうやってよろこんでいると、それがまたこっけいで、観客にもよろこびが伝わった。テラックの成功《せいこう》は、雪だるまのように大きくなっていった。

そのあいだに、道化たちは手をつないでかれの足もとをうろつき、かれにシッシッと追われると、ギャーギャー悲鳴をあげながら逃《に》げ散《ち》って、またひきかえしてきた。ついにテラックは、ハエのようにたかってくる連中をひとりずつうまくつかまえ、どうやったら追いはらえるかしらといろいろためしてみたあげく、ズボンや上着の先をテントの柱の上の釘《くぎ》にひっかけて、みんなつるしてしまった。柱の上で、道化たちはまるでハエ取り紙にくっついたように、ぶらさがっていた。

テラックの願《ねが》いは音楽をすることらしかった。そのためにかれはバグパイプを持っていたのだ。かれはそのほこりをはらうと、たいせつそうになでさすった。だが、なにかがへんだった。演奏《えんそう》できないのだ。いっしょうけんめい吹いたり、空気を送ったりしてみたが、音がぜんぜん出ないか、またはまちがった音——霧笛《むてき》のうめくような音、耳のすぐうしろでロバがいななくようないやらしい音、あるいは警官《けいかん》の笛のような音——が出てくるだけだった。この最後の音を聞くと、青いヘルメットをかぶり、おそろしく大きなゴムのこん棒《ぼう》を持ったひとりの道化が、さわぎはいったいどこなんだ、というかっこうで、自転車に乗ってはいってきた。が、テラックが大きすぎるものだから、かれがいることに気づかず、その足に自転車をたてかけた。かれと自転車は両方とも持ち上げられて、柱の上につるされてしまった。ひとりよがりのわが音楽家は、へんなじゃまはされたくないというわけだ。それからテラックは、いろいろといじくったりふったりしたあとで、バグパイプの吹き口からおきまりのじゅずつなぎのソーセージをとりだし、やっと美しい演奏をはじめた。と、すぐに、かれのポケットから、そでから、上着のえりのうしろから、スカートの下げ皮袋から、半ダースほどのダックスフントがのそのそ出てきて、音楽にあわせて大声でほえた。テラックは犬をぜんぶもとのところへなんどもおしこんだ。ソーセージでだまらせようともした。だがだめだった。けっきょくのところ、犬たちは犬たちのやり方で音楽をやりはじめたのだ。柱にぶらさがっていた道化たちも、それにあわせて、ハーモニカを吹いたり、くしと紙を鳴らしたり、ヨーデルをうたったり、口笛をふいたり、その位置《いち》で鳴らせるあらゆるものを打ち鳴らしたりした。観客も仲間入りしたくてたまらなくなった。と、そのとき、テラックはぐっと背をのばすと、ライオンもだまりそうなほどの大声でどなった。

「しずかに！　原子爆弾《ばくだん》だ！」

かれはしぼんだ風船を手に持って、ふくらませはじめた。と、場内はシーンとしずまりかえった。それは特大サイズの風船で、ゆっくり、ゆっくり、大きくなっていった。だんだんきつくなりだしたとき、テラックはそれを指でひっかこうとした。風船がキーキー鳴ると、またダックスフントがひょいと顔を出して、ヘビに向かってほえるときのようにほえたてた。テラックはかれらをだまらせると、風船の空気をシューッとぬいて、一ぴき一ぴきに吹きかけた。それから小さくなった風船をまたもとどおり大きくし、さらにますます大きくした。きんちょうと期待があまり長くつづくので、観客は興奮して、気がくるいそうになってきた。柱にぶらさがっていた道化たちは、風船がとほうもなく大きくなり、リングをうめつくし、吹き口を軸《じく》にしてはねたりゆれたりすると、足をけったり、いのちごいをしたりした。テラック自身も、こわくなってきたようだった。かれはもうひと息吹こうとして風船を口にもっていったが、逆《ぎゃく》にすこし空気をぬいた。それからかれはもうれつに勇敢《ゆうかん》になって、最後に息を大きく胸いっぱいに吸《す》いこむと、ほっぺたをふくらまして風船にいどんだ。風船はバーンという音をたてて破裂《はれつ》した。あんまり大きな音だったので、ほとんど聞こえなかったほどだ。テラックはしりもちを

ついた。釘にかけてぶらさげられていた道化たちは、ビューッと地面にすべりおりてきた――かれらはみんな滑車《かっしゃ》を使ったのだ。そして上着もズボンも釘にかけたままで、命からがら逃げていった。ダックスフントはむらがり出て、テラックの顔をぺろぺろなめた。するとこのとき、下げいこのときにはなかった手ちがいで、二ひきの犬がテラックのあごひげと綱《つな》ひきして、ひきはがしてしまった。そこでテラックは顔をむきだしにしてすわると、ピンとオスカーとアイダにキスを送り、あまった風船をなげてくれた。子どもたちは、ただにこっと笑いかえすことしかできなかった。すぐに小人の道化たちがイチゴ色の網《あみ》を持って突進《とっしん》してきて、テラックの頭になげかけ、ロープでしばってしまったのだ。それからゾウが一頭連れてこられ、かれをひっぱっていった。

これがプログラムのおしまいだった。観客は立って拍手した。かれらは足をドンドンふみならしてさけんだ。

「テラック、テラックを出してくれ！」

子どもたちはたがいに顔を見あわせていった。

「テラック、楽しそうだったじゃない？　行って話をしよう」

そのときかれらは、きょうはビギン博士のためにやってきたのだということを思い出した。

「あの巨人をどう思った?」と子どもたちはたずねた。しかし、その瞬間《しゅんかん》、国歌がはじまり、みんな起立してしずかにしなければならなかった。国歌がおわると、三人はまたきなおした。

「あの巨人をどう思った? びっくりした? あれが証拠《しょうこ》になるでしょ、ね? もうだれも、おばさんのあの歯がほんものではないなんていえませんよ、ね」

ビギン博士は、よくわかったという顔で、子どもたちをいたわるように笑った。

「かれはとてもおもしろかったわ。とてもすばらしいこしらえものだったわ」

「こしらえものだって!」

子どもたちはびっくりしてさけんだ。

「テラックはほんものなんだ。まちがいのないほんものなんだよ。犬があごひげをひっぱったときの顔を見なかったの? 歯を見なかったの? おばさんのあの歯とそっくりだよ」

「かれはぜんぶ、あのあごひげとおなじようにつくりものです。いまはなんでもこしらえることができるのよ。わたしが見つけたような歯とは、まったくちがうんです。そこがかんじんなところなのよ。たぶんこれは、竹馬に人をのせて、中につめものをしたのよ。むかしからあるトリックだわ」

「でも、モードおばさん! あの目はどうなの? 馬の目ぐらい大きかったし、ずうっと笑ってたわ。それにあたしたちを見たのよ」

「きっと虫めがねを使って大きくしたんでしょ。だけど、どういうふうにやったかなんて、もんだいじゃないのよ。わたしたちはなにも、そんなことをつきとめなくったっていいんですから」

「行ってテラックをさがしましょうよ。そうすればわかるわ」

「まあ、まあ！　わたしはね、あんたたちみたいにものを信《しん》じやすい子がうらやましいくらいですよ。でも、かれをさがしには行けません。まず第一に、それがどんなふうにつくられてるか、わたしたちにはけっして見せてくれませんよ。それから第二に、たとえ見せてくれても、若《わか》いあんたたちにとってはじめての大きな幻滅《げんめつ》になるからよ。しかけがいっぱいはいってるだけで、洋服の中はからっぽなのよ」

「だけど、おばさんは巨人を信じてたんでしょ？」

「たしかに巨人がいたことを信じてます。そう、二万年前にね。だけどいまはちがいます。いまはもうぜんぜんいないのよ。だって、もしいるなら、わたしたちは気がつくはずでしょう？見すごしたりするはずのない大きなものなんだから」

「でも……」と子どもたちはいいかけたが、あきらめてやめてしまった。

かれらはカヌーのほうへ歩いてもどっていった。子どもたちは手に大きなアイスクリームを持っていた。ビギン博士はすこしおくれて、その代金をはらっていた。

アイダがいった。

「ピン、がっかりしたわ。おとなにはなんにもしてあげられないのよ。おとなってどうしようもないものなのよ」

ピンはため息をついた。

「ぼくにはわからないな。それが世界じゅうでいちばんほしいもので、しかもそれが目のまえにあるっていうのに、なぜ見ようとしないのかしら」

オスカーはもったいぶっていった。

「おとなってものは、しょっちゅうそうなんだ。いまあるものはきらいなんだ。ほんとうに興味深いものがあるとしたら、それはむかしのものでなくちゃならないんだよ」

訳者あとがき

亀井俊介

この小説《しょうせつ》は、ルーシー・M・ボストン夫人《ふじん》作「グリーン・ノウ物語」の三番目の作品で、一九五九年に出版《しゅっぱん》されました。作者が六十七歳《さい》の時のことです。ボストン夫人は、ふつうの人だったらもうとっくに隠退《いんたい》してしまったような年になってから、どんなに若《わか》い作家よりももっとわかわかしい内容《ないよう》の小説を子どものために書きはじめました。そしてイギリスでもっとも尊敬《そんけい》される作家の一人となって、一九九〇年に亡《な》くなりました。

グリーン・ノウというのは、ロンドンの北のほうのハンティングドンというところにある大きなやしきで、実際《じっさい》の名まえはマナー・ハウスといいます。それは一一二〇年に建《た》てられた、イギリスで一番古い住居《じゅうきょ》のひとつです。ボストン夫人の住居でもありました。

小説の中では、オールドノウ夫人というおばあさんが、グリーン・ノウのやしきの所有者になっています。そして、「グリーン・ノウ物語」のほかの巻《かん》では、大活躍《だいかつやく》をします。

しかし『グリーン・ノウの川』の時は、長い旅に出たため、モード・ビギン博士《はかせ》とミス・

シビラ・バンという二人の婦人《ふじん》に、この家を貸《か》したのでした。ビギン博士は、グリーン・ノウが大きな家だし、グリム童話に出てくる家のように子どもの夢《ゆめ》をさそう場所にあるので、親戚《しんせき》の娘《むすめ》のアイダと、オスカーとピンという二人の難民《なんみん》の少年とを、夏休みのあいだじゅう、招待《しょうたい》しました。この小説は、この三人の少年少女が、グリーン・ノウのやしきのまわりを流れる川でさまざまな冒険《ぼうけん》をするさまを、語ったものです。

川の冒険――。

それはなんと心楽しいことか。田舎《いなか》の子どもには、それは毎日の生活の、一番充実《じゅうじつ》した部分だともいえます。私《わたし》自身、木曾川《きそがわ》の上流に育ち、大きな川や、そのたくさんの支《し》流《りゅう》を、なんども探検《たんけん》して、少年時代をすごしたものでした。それでいま、この小説を訳《やく》しながら、思い出がひとつひとつよみがえってきて、心は夢のような昔にたち帰っていきました。よごれた空、せまい土地、いそがしく動きまわる人たちの中に生きている都会の子どもには、そういう生活はできないことかもしれません。しかしそれならそれで、『グリーン・ノウの川』のような作品を読んだとき、その子はいっそう強く夢をかりたてられ、いっそう充実した共感《きょうかん》を、その主人公たちに持つことができるでしょう。すぐれた文学とは、そういうことを可能《かのう》にしてくれるものなのです。

さて、『グリーン・ノウの川』がすぐれているのは、それが川の冒険の楽しさを私たちに感じさせてくれるためだけではありません。ボストン夫人のすべての作品がそうですが、ここでも、大きな、自由な夢が、深い真実味をもって語られており、そこがすばらしいのです。この小説には、ふつうありえないような事がらがつぎつぎと出てきます。空飛ぶ馬や、巨人《きょじん》や、月を拝《おが》む狩人《かりゅうど》などは、その例《れい》です。三人の中で一番大きなオスカーが、ネズミのように小さくなってしまうこともあります。しかしそれこそ、子どもの空想力が求《もと》め、またごく自然《しぜん》にうけとめる事がらなのであって、そのそれぞれが、人の心の動きにあわせて、こまやかに、美しく表現《ひょうげん》されています。

この小説には、一見、全体としてまとまった筋《すじ》がないようです。しかし、川の流れが毎日まったくおなじではないように、また川にはさまざまな支流やダムや島があるように、人間の世界にも、いろいろな事がらが、つぎつぎと、まとまりもなく起こるものです。人間の真実を愛《あい》するボストン夫人は、そこで、子どもたちにつぎつぎと新しい体験《たいけん》をさせるのです。しかもまた、川があらゆるものを含《ふく》んで一筋《ひとすじ》に流れるように、人生というものも、はっきりした進路を持っています。その姿《すがた》をも、作者は示《しめ》してくれています。

この小説には、多くの難民が出てきます。父親を殺《ころ》されて東欧《とうおう》の国から逃《に》げてきたオスカーや、ビルマから追われてきた中国人のピンは、文字通りの難民ですが、両親にはぐれた白鳥の子も、たった一人で沼地《ぬまち》に住む世すて人も、風車小屋にかくれている巨人のテラックも、やはり難民とおなじです。かれらはみな、世の中の苦しみを味わいながら、それに堪《た》えて生きています。しかしそれだからこそ、おたがいの気持ちがよくわかり、助けあおうとします。「難民にたいするやくそくはなによりもいちばん厳粛《げんしゅく》なやくそくなんだ」というオスカーの言葉は、いわば、かれの心の底《そこ》からの叫《さけ》びです。作者のボストン夫人の叫びでもあります。

ビギン博士と、ミス・シビラと、アイダは、そういう難民をかげになり日なたになり守ります。しかしそれだけではありません。かれらは、しばしば難民の仲間《なかま》にもなります。アイダがオスカーとピンの親友であることは、いうまでもありません。ビギン博士は、じぶんの学問のことばかり考えているようですが、子どもたちが行方不明《ゆくえふめい》になった時でも、ひとこともしからず、むしろその探検旅行をはげましてくれます。そしていっしょにカヌーに乗った時には、大声を出してはしゃぎ、子どもたちに、もっと前から川の冒険に入れてやっていればよかった、という思いをいだかせます。ミス・シビラはといえば、料理《りょうり》のことばかり考えている人のようですが、サーカスをきらって、「おそろしい男があわれなトラをいじめるのは見るにしのびない」と言いきります。（この言葉を聞いて、オスカーはトラのようになにものをもおそれなかった父親のことを思い出すのでした。）この小説では、難民と、こういう善意《ぜんい》の人たちとがいっしょになって、人間の本当の幸せ、本当の楽しみとはなんだろうか、ということをさぐっていくのです。

しかも、本当の幸せ、本当の楽しみというものは、なかなかつかむことができません。たとえば、オスカーがネズミになってしまった時には、アイダも、ピンも、はげしいいがみあいをします。「友情《ゆうじょう》というのは、たいそうむずかしい、ぐらつきやすい感情」なのです。ピンはミス・シビラにたいそう忠実《ちゅうじつ》な子なのに、ただ料理をたくさん食べないという理由で、この人のお気に入りになることができません。またビギン博士は、あれだけものごとがよくわかる人なのに、じぶんがさがし求めていた巨人が目の前にいても、それを見ようとせず、子どもたちに、おとなっていうものはしようがないものだ、と思われてしまいます。こうして、おたがいのあらゆる善意にもかかわらず、世の中にはちぐはぐなことが起こります。しかしそれをのりこえて、主人公たちはおたがいを信頼《しんらい》しあいます。ちょうどグリーン・ノウの川があらゆるものをつつんで美しく流れるように、人の心も、苦しいことがあるからこそ、いっそう美しく光りかがやくのです。

川の冒険の文学というと、私たちはすぐに、マーク・トウェインの『ハックルベリー・フィンの冒険』を思い出します。あれもまた、せま苦しいおとなの社会をとび出してきた少年と、主人のもとを逃げてきた黒人奴隷《こくじんどれい》という、二人の難民の夢と真実とを描《えが》いた小説でした。ただしあれは、ミシシッピー川という、広いアメリカでもずばぬけて大きな川での冒険物語でした。それにくらべて、グリーン・ノウの川は、イギリスというせまい国の、小さな川です。しかしまた、それだけに、私たちにとっては身近な川、そしてどこにでもある川です。私たちは、ごく容易《ようい》に、この小説の主人公たちの冒険を私たちの心の中でともに経験《けいけん》し、ともに楽しんだり苦しんだりしながら、心を豊《ゆた》かにしていくことができます。この小説は、私たちみんなの魂《たましい》をゆり動かす、たぐいまれな文学作品だと思います。

＊本書は、一九七〇年に評論社より刊行された『グリーン・ノウの川』の改訂新版です。

ルーシー・M・ボストン　Lucy M. Boston
1892年、イングランド北西部ランカシャー州に生まれる。オックスフォード大学を退学後、ロンドンの聖トマス病院で看護師の訓練を受ける。1917年に結婚。一男をもうける。その後、ヘミングフォード・グレイにある12世紀に建てられた領主館（マナー・ハウス）を購入し、庭園づくりや、パッチワーク製作にたずさわりながら、60歳を過ぎてから、創作を発表しはじめる。代表作は、6巻の「グリーン・ノウ」シリーズ。1962年、『グリーン・ノウのお客さま』でカーネギー賞を受賞。1990年没。

亀井俊介　Shunsuke Kamei
1932年、岐阜県に生まれる。東京大学名誉教授。岐阜女子大学教授。『近代文学におけるホイットマンの運命』（研究社出版）で日本学士院賞、『サーカスが来た！─アメリカ大衆文化覚書─』（岩波書店）で日本エッセイストクラブ賞、『アメリカン・ヒーローの系譜』（研究社出版）で大佛次郎賞を受賞。『わがアメリカ文化誌』『わがアメリカ文学誌』（ともに岩波書店）など多くの著書のほか、児童書の翻訳に『トム・ソーヤの冒険』（集英社）、注解に『大きな森の小さな家』（研究社出版）などがある。

グリーン・ノウ物語3　**グリーン・ノウの川**
2008年7月20日　初版発行　　2015年8月10日　3刷発行

著　者　ルーシー・M・ボストン
訳　者　亀井俊介
装　画　ピーター・ボストン
装　幀　中嶋香織
発行者　竹下晴信
発行所　株式会社評論社
〒162-0815　東京都新宿区筑土八幡町2─21
電話　営業03-3260-9409　　編集03-3260-9403
URL: http://www.hyoronsha.co.jp
印刷所　凸版印刷株式会社
製本所　凸版印刷株式会社

ISBN978-4-566-01263-9　NDC933　188㎜×128㎜　232p.
Japanese text　©Shunsuke Kamei, 2008　　Printed in Japan.

乱丁・落丁本は本社にておとりかえいたします。

ボストン夫人がくらしたマナー・ハウスは、現在、息子のピーター・ボストンさんの妻である、ダイアナ・ボストンさんが管理者になっています。事前に連絡すれば、マナー・ハウスの庭園や建物の内部を見ることができます。連絡先は以下のとおりです。

The Manor: Hemingford Grey Huntingdon Cambridgeshire
PE28 9BN, United Kingdom
Tel: +44-1480 463134　　Fax: +44-1480 465026
E-mail: diana_boston@hotmail.com
Website: www.greenknowe.co.uk